緋彈的亞莉亞 XXXI

31

Aria the Scarlet

赤松中學

1彈　地獄之門

ＩＣＢＭ地下發射井的遺跡——ＧⅢ掉入了那片深邃的黑暗之中。

而且緊隨他落下的鋼架與鐵板重量不下一、二十噸。

「ＧⅢ——！」

我抱著昏厥的風魔，朝下方如此叫喚，可是……

沒有任何回應，只能見到鋼鐵瀑布掀起的塵煙。

不過我靠著那陣煙升起的時間配合自己叫聲的回音，估測出了距離。

這座有如鋼鐵叢林的飛彈發射井底部大約在地底五十公尺左右。

只要沒有被崩落的牆壁或鐵板鋼架壓死，這個深度應該不會讓身上穿有尖端科學護具的ＧⅢ遭遇生命危險才對。

「——啦啦啦、啦啦啦——♪」

隨著鋼架鐵板掉落的聲響停息，我的耳朵再度聽到歌聲。

抬頭瞪向歌聲來源的我，與雙胞胎視線相交。

我們為了與知道老爸情報的『Ｔ夫人』見面而前往華盛頓特區的途中，追上我們的這對雙胞胎——貝茨姊妹，是在ＦＢＩ國家公安部中負責超自然犯罪案件的超能力偵查員。

挺胸站在比我高五公尺處的腳踏板上露出奸笑的那兩人……雖然是敵人，卻美麗到教人火大的地步。

使人聯想到高級咖啡歐蕾的褐色肌膚，不輸好萊塢女星的身材。繡有洛杉磯市警徽章的卡其色短袖襯衫因為兩姊妹都具備的美國尺寸雙峰而感覺胸前鈕釦隨時都會爆開。沿著像蜜蜂一樣緊致的蠻腰到裙子緊繃的臀部下方，伸出羚羊般苗條的美腿。裙襬只到胯下兩公分處的超級迷你緊身裙對男人的眼睛簡直是劇毒——然而毒物與藥物是表裡兩面，多虧我抬頭望著那樣的景象，現在爆發模式依然保持良好的狀態。

透過上方的發射井口可以看到白色的細雲在切割成圓形的藍天中飄移著。

——嚕嚕嚕、嚕嚕嚕——

唱著歌的貝茨姊妹頭上沒有戴警帽，而在藍天灑落的陽光下可以看到她們的側頭部——有乳白色的捲曲犄角。原本被左右蓬鬆散開的銀色短髮遮掩、像羊一樣的角。

雖然外觀上是美人，但這對姊妹並不是人類。跟我至今遇過的魔女、超能力者、妖怪等等存在也感覺不一樣。我試著推想那究竟是什麼樣的存在，可是……

「「啦啦啦、啦啦啦——conquer——♪」」

在發射井中迴盪的合唱聲不斷干擾我的思考。那有如在玩鬧的唱歌行為，想必是她們在展現自己從容的態度。宛如肉眼看不見的重機械把發射井的內壁與鋼架鐵板鑿

開，也是為了誇耀自己能夠輕易使出如此強大的超能力。雖然我不清楚詳細分類，不過貝茨姊妹擁有的能力應該是所謂的念力、ＰＫ——也就是Psycho Kinesis吧。那兩人在與我們交手前說過『首先從百分之五十開始』這樣的發言，應該就是指超能力的輸出功率。

（該死……這次也很棘手啊……！）

在我們剛踏入這座發射井的時候，人數上是三對二，我方有利。

但是現在那優勢卻完全被翻盤了。風魔失去意識，ＧⅢ被壓在廢鐵下。而我必須救援這兩名同伴，因此連一人份的戰力都無法發揮。

而且那個救援行動搞不好必須從二十噸以上的鋼架鐵板底下把ＧⅢ挖出來才行。手頭沒有任何工具，又要抱著失去意識的風魔。這種事情就算是爆發模式也辦不到啊。到底該怎麼辦——

「……嗚……！」

感到不知所措而呆站在原地的我忽然聽到腳邊……「軋、軋」地發出怪聲。

在有如乘坐搖晃的電車或飛機般不舒服的感覺中，我環顧四周——發現腳下那塊剛才明明還很平坦的鋼鐵格子板漸漸扭曲變形。

於是我趕緊抬頭，便看到貝茨姊妹把雙手伸向我的方向扭動著，彷彿是在操弄什麼看不見的繩索。她們又在施展念力了。

面對那樣的超能力，我——一個普通的人類根本無從對抗。別說是抵抗了，就連力道的方向都看不出來。只能任憑宰割。

軋軋——嘰嘰——啪啪——！刺耳的金屬聲響從四面八方傳來。不只是我的腳邊，就連頭頂上、左右兩側與前方，所有踏腳處、牆壁與鋼架都像軟糖般彎曲、像免洗筷般折斷、像膠合板般開始破裂。

「該死……！」

我抱著風魔，在彷彿惡夢一樣扭曲變形的踏腳板上衝刺——但前方的生鏽鐵板忽然「啪嘰！」一聲，有如被工地現場的油壓式怪手夾捏爛似地斷裂掉落，左右地板也「啪嘰啪嘰」地崩塌，讓我的周圍全都變成了陷阱穴。就在我緊急剎住腳步的時候……頭上崩落的牆壁與鐵板掉了下來。已經沒有地方讓我移動閃避了！

（既然沒有踏腳處，那就往下掉吧……！）

然而如果只有我一個人就算了——但我現在還抱著風魔，要是掉落幾十公尺的高度搞不好會讓她受到致命性的傷害。因此……

「——廊迴降——！」

我在爆發模式的超感官形成的慢動作世界中，從掉落的大量廢鐵中挑選質量較大的鐵塊。從崩塌的地板往斜下方跳落，在空中落到一塊廢鐵上，利用略帶櫻花的腳步一蹬，緩和自己的掉落速度。緊接著又跳到另一塊廢鐵上，同樣用腳一蹬——在被迫往下摔的過程中，不讓自由落體保持自由落體。有如沿著散開在半空中的高速下降電梯間逆向奔跑般，一點一點往下掉落。連我自己都覺得超誇張的，如果拍成影片上傳到YouTube絕對可以達到百萬點閱。

不過那影片應該會因為含有不當內容而違反規定吧。畢竟在這片廢鐵豪雨中我沒有餘力顧及姿勢，在彎下身體的時候……雖然我絕對不是故意的，但好幾次不得不把臉埋到我抱在手上的風魔身穿水手服的胸部。而且傳到我臉上的觸感跟亞莉亞、麗莎或梅雅的胸部都不一樣。跟尺寸沒有關係，而是可以更清楚地感受到形狀與體溫。

這是因為風魔是個明明已經升上高中卻還偶爾穿胸罩偶爾又不穿的女生，尤其在夏天的時候經常不穿——呃不，我知道對一個沒有意識的女性做這種事情很不人道——但反正我長久以來都被揶揄是個非人哉人類，這次就名副其實地偏離做人之路，並靠著因此強化的爆發模式好好保護風魔，當作是賠罪吧。

就在我想著這種自私的念頭時……

「嗚呵呵呵！Enable真的是——」

「嗚呵呵呵！真的是很有趣呢！」

俯視著我的貝茨姊妹忽然跟著廢鐵一起跳了下來。明明她們連垂降用繩索之類的東西都沒有。

大概是因為使用超能力的關係，那對姊妹的眼睛都散發出有如電熱線的紅光。因此我在越深處越暗的發射井中也能看到那對姊妹的動作——但她們的掉落軌跡很不規則。看來對方也不是單純的自由落體，然而也不是像我這樣踏著廢鐵塊掉下來。我可以看到她們靠著某種把身體往上拉的奇怪力量好幾次在空中減速。

「——！」

嗡！——在昏暗的發射井底部——我落到一塊破裂的鋼板上。雖然我有用腳部施展橘花，但畢竟是掉落了約十層樓的高度，手上還抱著包含裝備在內有五十公斤重的風魔……導致我全身、尤其是腳部依然受到傷害。即使沒有當場折斷，骨頭應該也出現裂痕了吧。

我接著抬頭往上看，核彈的圓形發射口……也就是這座鋼鐵地獄的出口……看起來遠比剛才小而遙遠。然後有如要加深這股絕望感似地——

——輕飄飄——輕飄飄地……

貝茨姊妹降落到圓周上與我所在的牆角形成正三角形的另外兩個頂點。

看來所謂的高度落差對於超能力者來說根本是小問題。真教人羨慕呢。

飛彈發射井的底部內徑約二十公尺，周圍沒有可以逃跑的地方，讓我不禁回想起之前在羅馬的那座圓形競技場。雖然這裡比那座競技場窄就是了。

「There's no way out.（無路可逃囉。）」

用左前臂把自己的雙峰捧起來，把右手肘放到左手心上——並且把右手貼到自己臉頰邊的姊姊——諾瑪・貝茨……

「逼到絕路了呢，姊姊大人。」

以及和姊姊擺出左右對稱動作的妹妹——珊蒂・貝茨，兩人一起朝我注視而來。

雖然能夠像照鏡子一樣擺出完全相同的姿勢是很厲害啦……但拜託妳們不要做出

那種極度強調雙峰的動作行不行？

（這對貝茨姊妹的超能力……）

首先，輸出功率非常強。這整座發射井都有如自己的口腔內一樣，能夠隨心所欲地操弄。在我至今遇過的超能力者之中也是最強等級，或是幾近最強等級。

但我不能把焦點過分執著於那個「強度」。

要是過於執著，就會錯估這對姊妹的本質。

——貝茨姊妹以超能力者來說，具有相當極端的特徵。

雖然這是我個人的感覺，在表現方式上欠缺正確性。不過……

我從至今遇過的超能力者身上除了「強弱」之外，還能感受到某種「濃淡」的差別。

貞德與白雪提過所謂「G」的等級單位，就跟我感受到的「強弱」成比例。然而……我從那些超自然存在的身上還可以感受到與強弱無關的另一種數據軸。

那就是「濃淡」。

這或許也可以說是「脫離常人的程度」吧。我想現在世界上恐怕還沒有表現這種數據的概念或單位，是從人類的觀點來看其存在的距離感。反過來說，就像是與魔物的接近程度——可以暫時取名為「魔度」。然而教人難以理解的是，這個魔度與其外觀上跟人類的差異程度幾乎沒有相關性。

如果勉強把數值分為0～99……首先最淡的是貞德、白雪、梅雅、莎拉、洛嘉。

還有佩特拉也是，**雖然很強，但是很淡**。這個群組的魔度都在10以下。

至於像希爾達、九九藻、緋鬼們以及古蘭督卡就很濃，弗拉德和玉藻更濃，猴／孫又更濃。半獸半人的存在好像都集中在這一區，魔度是20以上，不滿50。然後比他們稍微再濃一點的是金天——魔度50。

到這邊以上會有個斷層，瓦爾基麗雅和阿斯庫勒庇歐斯的濃度遠比金天還要濃，感覺魔度有80以上。而超過這個魔度的有墨丘利以及在五十一區跟星伽神社以靈體姿態現身過的色金三姊妹，魔度為95～99。

夏洛克與亞莉亞這兩人是例外，我搞不太清楚。他們的「濃淡」總是在變動，感覺有時候是0，有時候卻又是99。

然後以這個魔度來說——

貝茨姊妹是98或99，特濃等級。擁有最脫離常人的存在感。因此我才會在直覺上——就像以前把靈體的色金感覺為神一樣，把貝茨姊妹認定為惡魔了。即使外觀上再怎麼像人類，我也會認知為完全不是人類的存在。

（說到底，這個「濃淡」的感覺……到底是什麼……？）

我雖然想要從這點上尋找擊敗這對姊妹的線索，但對方似乎並沒有讓我專心解謎的意思。

因為……

「剛才 Enable 的動作就跟調查報告上寫的一樣——不像普通的人類。保險起見，我們提升到百分之六十。」

「好的，姊姊大人，就用百分之六十解決掉吧。不管怎麼說，Enable 已經是甕中之鱉了。」

看來不把對方當成普通人類的想法是彼此彼此的樣子。貝茨姊妹接著……把她們似乎能夠自由升降的超能力提高輸出功率，並說了這樣一段準備動手的對話。確實，她們眼睛的紅光感覺也增強了約兩成左右。因為發射井的底部很暗，反而讓我可以清楚看出亮度上微妙的變化呢。

……這下在動腦思考之前必須先動手戰鬥了。但其實也沒差。

反正我這個人真要講起來，比起推理還是比較擅長戰鬥。就算是在爆發模式下也一樣。

「──被逼到絕路的是妳們。」

我如此說著，把風魔放到鐵板上，並往前走出幾步。

「雖然到這邊是一路都在往下掉，但從這裡開始我就要往上爬了。這是絕對的，知道為什麼嗎？」

「……我不知道呢。珊蒂，妳知道嗎？」

「……對不起，姊姊大人，我也不知道。為什麼絕對會往上爬呢？」

面對同時把長有彎曲犄角的頭歪向一邊的貝茨姊妹……

「那我就告訴妳們。因為已經落到谷底的人就不會再往下掉了，所以接下來只會往上爬。」

我透過這樣囉嗦的演講持續把那兩人的注意力都吸引到自己身上，結果……

「唉呦，呵呵呵。」

「哎呀，呵呵呵。」

貝茨姊妹同時笑了出來。但那感覺並不是發自內心在笑，給人某種缺乏人類感覺的印象。雖然這也可能只是因為我這段像機智問答的內容不怎麼有趣而已。

就在我如此努力爭取時間後，總算——

——砰砰砰砰！發射井底部響起了對我個人來說會聯想到亞莉亞的 Government 而引發心理恐懼的點四五 ACP 子彈連射聲響。

是從堆成小山一樣的廢鐵底下翻滾出來的GⅢ用美國樣式的 H&K USP 戰術型手槍對貝茨姊妹發動了奇襲。

我剛才利用廊迴跳的應用招式往下掉落的同時，從發射井底部的廢鐵堆積方式看出來——GⅢ在掉落的同時似乎透過拳打腳踢改變了鋼架鐵板的方向，使廢鐵堆成了像帳篷的形狀。然後他自己躲在那個鋼鐵帳篷裡面，等待貝茨姊妹露出破綻。

所以我才會好心幫他製造對手破綻的說，可是——

「躬躬躬躬！打不到～！」

「打不到～！」

諾瑪與珊蒂用少女般的動作如此笑著，而GⅢ朝她們各開了四槍的子彈最後都只有在發射井的牆上打出火花而已。看起來並不是貝茨姊妹靠念力偏開彈道，而是GⅢ自己射偏了。明明距離只有十五公尺左右。

「你——準度也太差了吧！明明就會用擊彈戲法，為什麼偏偏在這種時候射偏！」

我不禁對GⅢ如此怒吼，可是……

「我、我也不知道啊……」

單腳跪到我斜前方的GⅢ也驚訝得睜大眼睛。看來就算不是靠念力，這次也是貝茨姊妹利用某種未知的力量讓GⅢ射擊失誤的。

……該死！總覺得我方快要束手無策了。連原本覺得或許會成功的偷襲都失敗收場，剩下的手段就沒多少啦——

「GⅢ，貝茨姊妹交給我想辦法，你帶風魔一起撤退！這裡廢鐵多，對敵人太有利了！」

「誰……誰要逃啦！」

「反正像這種讓人搞不清楚的對手到頭來都是由我負責想辦法啦！話說在先，既然我要出手戰鬥，接下來這裡就會變得像明星大亂鬥一樣了。所以你把掉在那邊的火繩槍撿起來，快點回車上去。」

我走到比GⅢ更前方的位置，瞪向貝茨姊妹。

而GⅢ大概是擔心風魔那把以美術品來說價值也很高的火繩槍，在我和貝茨姊妹的大亂鬥中遭到破壞的關係——

「……那就交給你啦。我在車上等你。老哥你也別和女人玩過頭，適時撤退吧。」

於是他背起風魔，撿起掉在鋼架旁的火繩槍後——消失到廢鐵堆後面。接著放輕腳步聲跳向另一堆廢鐵後面，再跳向另一堆廢鐵。短短幾秒內他的氣息就不斷往上遠離。

貝茨姊妹雖然用眼睛尋找——但是在這座遮蔽物很多的發射井內很難找到GⅢ的身影。取而代之地可以看到牆上到處冒出白煙，然後飄來像杏仁的氣味。

那混蛋，雖然說是為了確實救助風魔，但他竟然給我丟催淚瓦斯下來了。之前他在老家有拿圍棋子大小的超小型瓦斯彈向我炫耀過，原來這次他把那玩意帶來了啊。嗚嗚，我忍不住想起在武偵高中被關在密閉帳篷裡實施的化學毒氣訓練啦……

「是CS催淚毒氣。」

「姊姊大人，要是氣味沾到衣服上就不好了。」

如此對話的貝茨姊妹似乎沒辦法用念力把CS毒氣團吹散，或是排開自己身體周圍的氣膠微粒。難道念力雖然對巨大的東西能發揮強大的力量，可是對微小的東西無效嗎？不管怎麼說，這是一項發現呢。

另外還有一點。剛才那對姊妹讓GⅢ的子彈**射偏了**。如果那樣假設，換句話說，就是她們**不想被子彈擊中**的意思。看來她們並沒有像弗拉德或希爾達那樣的無限回復能力。只要物理攻擊能夠擊中，肯定能擊敗她們。

再一點，就是那對姊妹從現身在飛彈發射井內直到現在，都和我們保持著一段距離進行攻擊，但是也沒有離開得很遠。不遠也不近的中距離——應該就是對她們而言最佳的攻擊圈。

既然如此，我就鑽進那個攻擊圈內測。

手槍交戰距離，或是零距離格鬥戰。

「受不了……為什麼在我周圍老是會冒出一堆不是人類的傢伙啦……」

我打從心底如此抱怨，並朝著諾瑪與珊蒂的方向踏出腳步。走向圓形發射井的中心附近。

GⅢ放出的CS瓦斯很少量，持續時間大約三～五分鐘左右吧。我就在上頭那些煙霧散去之前解決這場戰鬥，凱旋回到凱迪拉克上。

「那是因為你自己也不是人類的關係吧？」

或許是察覺出我縮短距離的意圖——貝茨姊妹一步、兩步地往左右散開。沿著牆壁，也就是圓周，漸漸移向左右包夾我的位置。

「我是人類！在這點上我不讓步！」

「人家常說 Birds of a feather（物以類聚）嘛。」

「以後也會聚集更多吧？」

「給我看清楚這裡！I、AM、A、HUMAN（我、是、人、類）！」

我指著自己的嘴巴全力主張。為什麼這樣理所當然的事情還需要我如此強調啦？我都覺得悲哀起來了。

不過——對於我剛才的發言，貝茨姊妹並沒有反駁「我們是人類」之類的話。可見她們知道自己不是人類，而且對這點並沒有抱持否定的想法。雖然我也很想從這點上深入探討並理解魔度的概念……但現在比起觀察更重要的是戰鬥，所以暫時就先按照最初的第一印象，在我腦袋中把貝茨姊妹認知為「惡魔」吧。

藉由像這樣暫時停止思考，讓我在心情上也多少輕鬆了一點。反正實際上也只是在我過去腦中建立的「魔女」、「妖怪」、「宇宙人」等等資料夾群組中多建立一個叫「惡魔」的新資料夾而已。我就把這些全部統整起來丟進「異類傢伙們」的資料夾裡，方便以後哪一天可以從記憶中一口氣刪除吧。

「你越強調自己是人類，對我們來說就越掃興呢。」

「畢竟普通的人類根本不可能贏過我們嘛。」

「在我面前那樣的發言可是敗北伏筆喔。過去對我說過那種大話的傢伙幾乎都被我踢進牢裡了。啊～不過……妳們是屬於國家公權力的那一方，所以應該是站在把人關進牢裡的立場啊。講起來太複雜了，乾脆妳們自己進到牢裡去吧，這樣也比較省事。」

大概是我這樣有趣的點子很難理解的緣故……

「？」

貝茨姊妹都把拉丁美洲人常有的大眼睛瞪得更大，當場愣住了。

其實我本來是想惹她們笑，趁隙突襲的……不過現在笑話冷掉讓她們愣在原地也是一樣啦。

於是我啟動八岐大蛇，彷彿要搶走亞莉亞的招牌似地拔出雙槍——

磅磅磅磅磅磅磅磅磅磅磅！砰砰砰砰砰砰砰砰砰砰砰砰！

貝瑞塔與沙漠之鷹分別朝諾瑪與珊蒂噴出槍口焰。透過袖子裡的切割式彈匣連續供彈，三十發、五十發地持續自動射擊。槍口焰的光芒有如兩支火把，甚至把飛彈發射井的底部都照亮了。

一方面因為還有一段距離，再加上貝茨姊妹好歹是在槍械大國當偵查員——她們輕輕翻滾身體便躲開了槍擊。

接著諾瑪靠側空翻，珊蒂靠側翻內轉，各自躲到剛才她們自己製造出的廢鐵堆後面。那動作奇妙到我前所未見的程度，彷彿被什麼眼睛看不到的繩索拉扯似的，有如老電影中的吊鋼絲特技，伴隨不符合物理法則的加速、減速與方向變換。既然能夠辦到那樣的動作，可利用的閃躲路徑自然就會大幅增加。對我來說可能需要稍微花一點時間才能讓眼睛適應。

但是別以為躲到障礙物後面就能躲開了。八岐大蛇是有八個頭的巨蛇，牠的獠牙能夠伸及任何地方——

「這場所可是妳們自己選的，別怨人喔？」

我用槍口焰的火把照亮周圍那堆多到數不清的鐵板、鐵牆、鋼架等各式各樣的廢鐵——同時從全自動射擊切換為跳彈射擊。射擊線以乘數性增加，彈幕覆蓋的空間逐漸擴大，讓貝茨姊妹可逃的地方越來越少。

「在這片鐵山之中，是否有感受到鋼鐵之風啊？諾瑪，珊蒂，這陣風還會越來越強勁喔。」

為了尋求更好的射擊角度——我四方奔馳。我可不是什麼固定炮臺，而是雙管式自走砲啊。

「唉呦……呦！」

「唉呦呦……呦！」

貝茨姊妹發揮出如果是在電玩遊戲中肯定會被認定為是ＢＵＧ的誇張動作不斷閃躲。這下變成二對一，不，對於使用八岐大蛇的我來說——是二對八的鬼抓人遊戲啦。

在廢鐵堆之間以鋸齒狀路徑奔跑或是蹬牆跳躍的貝茨姊妹，在傾斜的鐵板上疾走或是以滑壘動作鑽過鋼架下方並持續開槍的我。背上的護具彈匣不斷喀喀作響，通過袖子裡的彈鍊不斷為兩把手槍補充子彈。在快速奔馳的我後方，黃銅製的彈殼散成一片金色粒子。各處的廢鐵與牆壁都爆出中彈的火花，炙熱的子彈在黑暗中飛竄，高溫紅光的殘像劃出大量線條，每一條都是直線。

（直線，也就是說——）

貝茨姊妹並沒有辦法靠念力扭曲彈道。我就在這邊解決她們。

——吹掃吧，槍彈之風——！

「——鐵風——！」

我接著——對已經呈現三次元展開的大量子彈——進一步開槍射擊。

子彈擊中另一顆子彈，接著又擊中下一顆子彈，在空間中形成一重又一重的彈道網。射擊線以指數性增加，讓貝茨姊妹能逃的地方變得更少了。面對我這招曾經解決過女傑瓦爾基麗雅的亂來招式「鐵風」——

「不愧是用槍高手，來這招呀。」

「真不愧是用槍高手呢，好有趣。」

貝茨姊妹也似乎感到困惑，而做出了至今沒見過的行動。她們雖然應該有帶槍，但並沒有做出開槍反擊使空中的子彈變得更多的愚蠢行為……而是靠念力「轟——！」地撥動堆積在發射井底部的廢鐵。如波浪般湧來的鐵板與鋼架吞沒、妨礙我製造出的子彈旋風。鐵風與鐵浪互相推撞——讓我的鐵風風力減弱了。

但是太天真了，別小看爆發模式啊。

「——鐵風暴——！」

磅磅磅磅磅磅磅磅磅磅磅——砰砰砰砰砰砰砰砰砰砰砰——！連射再加上連射，讓強風——變成了風暴。不只是像剛才那樣瞄準固定目標或自己的子彈，我甚至讓子彈擊中貝茨姊妹颳起的大量廢鐵漩渦，讓發射井底部爆出數不清的火花。然而這些全部都是我計算過整個空間所進行的狙擊。見識到了吧，貝茨姊妹。這已經不只是子彈密網了，而是——

「——子彈牢籠。我就一如剛才的宣告，把妳們關進牢中。」

我的眼睛也總算適應了她們的動作，接下來只要像下將棋般一步步封殺對手的退路，誘導那兩人移動——就是現在！嘗嘗我這招延腦擦邊彈吧——！

我射出解決對手的子彈，可是——

（——！……？）

——沒有擊中目標。這是怎麼回事？

並不是子彈偏開了。另外我為了預防對手可能使用像尼莫或亞莉亞施展過的超超能力，所以也有靠視覺確認過空間沒有發生扭曲。而且在我靠彈幕誘導下，諾瑪與我的距離只有七公尺，絕不是爆發模式下的我會失手的距離。

「——呵呵——」

「嗚呵呵——」

貝茨姊妹得意地笑了。不是我自己射偏，是她們讓我射偏的。

就像剛才的GⅢ一樣，被她們用某種未知的力量所影響。

「……該死……！」

我為了再度靠鐵風暴壓制戰場——從連鎖擊彈開始重新射擊。

但是在開槍射擊自己的跳彈以製造彈網的步驟中，最困難的第三、第四次連鎖發生了失誤。

「……！……」

不只是多段連鎖，甚至連第二次連鎖都開始發生失誤。這怎麼可能！風暴漸漸變回強風。從拋殼孔排出的彈殼「噹、噹」地發出無力的金屬聲響。剩餘子彈數不到兩百了，而且要是發生槍彈自燃也很可怕。不妙，我這個戰術漸漸無法成立了……！

「齁齁齁，反正我們也已經看膩了。」

「就讓你結束這場雜耍吧。」

最後——我甚至連跳彈射擊都辦不到了。我的射擊已經變成了普通的射擊，而且還會射偏。

（……是念力……嗎……！）

對手使用的原理——我隱隱約約察覺了。

恐怕貝茨姊妹是靠念力在操縱我的身體。但我之所以會說『恐怕』而沒有確信，是因為——如果真是那樣，她們大可以直接扭斷我的身體，然而她們卻沒有那麼做。現在只是我的動作上基於某種不明原因而發生狀況不良，讓準度產生了偏差。

而這個「偏差」究竟是什麼？雖然我試著靠感覺去找出答案，但完全搞不懂。不過從剛才連鎖擊彈的失誤率變動來推斷——那個偏差有大有小，而且似乎是隨著我與貝茨姊妹的相對位置發生變動。其變動值並不是單純根據遠近距離決定，而是那兩人各自與我之間形成了某種形狀不可解的強弱變動範圍。那個範圍區域的形狀我算不出來，既不是圓形，也不是波狀。這到底是什麼……！

貝茨姊妹2×2共四顆發出紅光的眼睛注視著我——

「——日本人，你可知道 flying disc 是什麼？」

「呵呵！姊姊大人，妳要玩那個是嗎？」

撐過我的鐵風暴後……貝茨姊妹重振氣勢，得意地挺起那兩對堪稱巨乳的胸部，站在與發射井中央的我左右各距離十公尺左右的位置。

諾瑪接著優雅地平舉右手，結果一塊約兩公尺見方的鐵板立刻飛到她手中。那抓住鐵板邊緣的動作看起來就像只是拿著一本書而已。不愧是惡魔大姊姊，連臂力也遠遠超過人類。真想讓她們跟金剛力士的子孫——獅堂比比看腕力呢。

舌尖微微吐出嘴脣，如拉鍊般從嘴角舔向另一邊嘴角的諾瑪……隨著一臉嗜虐的笑容……

「來，你就躲躲看吧——狗子！」

把她手中那塊巨大鐵板——當成像美國發明的遊戲「飛盤（flying disc）」一樣朝我擲出。鐵板當場伴隨劃破空氣的沉重聲響朝我飛來，於是我趕緊像狗一樣趴下身子閃避。但……

「……！」

通過我上方的鐵板居然像迴旋鏢一樣沿著α字的軌跡又飛了回來。因為這次鐵板幾乎貼著地面飛行，所以我趴著身體——「砰！」一聲靠雙手雙腳的力氣往上彈起身子。而且為了不要讓手腳被鐵板削斷，彈起來後立刻擺出以跳傘動作中稱為Arch的姿勢。

差一點就擦碰到我肚臍的鐵板接著朝珊蒂的方向一邊上升一邊飛去。珊蒂用左手接住鐵板後，順勢轉了一圈——「唰！」地又再度朝我擲出鐵板——！

這肯定是不管我怎麼閃避都沒完沒了啊。說到底，那塊鐵板以空氣力學來講明明是呈現不太能飛的形狀，而且朝我飛來的軌跡也完全無視於慣性法則的存在。換句話說，貝茨姊妹是靠念力之類的未知力量在操控那塊鐵板，所以無法預測它會怎麼動。我遲早會被鐵板擊中，全身被劈成兩半。因此不能只是閃躲，要擋下它才行──！

「飛盤不是拿來攻擊人的遊戲吧……！」

我就像袖槍的逆向動作一樣把左右雙槍收回滑軌夾克中，同時靠橘花嘗試接住那塊巨大飛盤。就在巨大鐵板的邊緣觸碰到手指的瞬間，經由手腕、手肘、肩膀、背部、腰部、膝蓋、腳尖的連續動作急減速……把衝擊力道完全吸收。如此一來這塊殺人飛盤就會停下來……才對、可是──

「──……！」

這怎麼可能！明明我已經靠橘花完全抵消動能的鐵板竟然沒有停下，繼續朝我推來。**明明停下卻沒有停下**，怎麼可能有這麼誇張的事情！

「……嗚哦……！」

然而現實中我就是被這塊不停前進的大鐵板壓倒──讓下半身被夾在鐵板與地板之間了。

「V．V♪」

「Victory♪」

輕飄飄地搖曳著短髮的貝茨姊妹雙手比出V形手勢並高舉雙手萬歲後，嘰嘰、軋軋——

還殘留在我頭上遠處的發射井踏腳處與內牆就好像在彎腰鞠躬似地開始彎曲下來。我為了從發射井底部脫逃出去所必要的階梯也被她們毫不留情地破壞了。然而現在不是讓我擔心那種事情的時候，因為……

「……嗚……！」

被折斷、劈開的廢鐵屑——彷彿帶有意志般互相凝聚增加質量並掉落下來。鐵屑轉眼間就變成了鐵塊……！

「——該死——！」

我趕緊用櫻花把壓住下半身的鐵板撥開，連滾帶爬地躲開鐵塊。隨著「轟隆——！」一聲有如一輛大卡車落下似的巨響，鐵塊掀起一片煙霧。我好不容易站起身子後——第二個鐵塊又朝我頭頂掉落下來了。這次的鐵塊是像捷克刺蝟（反坦克拒馬）一樣，由鋼架組合成八面體的軸心。就算我用橘花擋下來也會被重量壓扁，再說我的橘花剛才已經被破解了。那重量也很明顯不是靠一記櫻花就能彈開，鋼架又不是像陶瓷器一樣可以粉碎的東西。想要迎擊是不可能的，於是我朝斜後方跳開——

但我這個選擇錯了。在這個空間中，掉落的物體並不會呈現自由落體啊。鐵塊立刻劃出弧線，朝跳躍在半空中無法移動的我飛來——已經不可能閃避了——！

「——櫻花四連——！」

我在最後關頭顛覆了不可能。朝著呈現X字形的鋼架四個地方分別靠右拳、左拳、右踢、左踢同時攻擊。全部都是櫻花。

鏘——————！有如砲彈互撞的聲音當場響起。我從沒想過的**同時櫻花**居然成功，讓我和鐵塊互相彈開。

就在我扭轉身體準備落地的時候——

（混帳……！）

第三、第四、第五個鐵塊，又靠著遠超過自由落體的加速度斜向朝我掉落下來。

櫻花——來不及對應了。即使是爆發模式下的我，也贏不過數量的暴力——

「……！」

彷彿連續被三顆隕石擊中般，汽車大小的鐵塊接連衝撞我的身體。鋼架擊中腹部，鐵板擊中臉部，右肩也被撞到。我可以感受到自己鮮血飛濺，肩膀也脫臼了。

砰！——背部著地的我，因為肺部承受強烈衝擊，頓時難以呼吸。

即便如此，我還是在緊急之下用撞到地面的右肩施展櫻花，靠反作用力讓自己的身體遠離落下的鐵塊群。雖然我因此逃過被廢鐵壓扁的命運，可是——

「～～……！」

全身的劇痛讓我發出不成聲的慘叫。但不可以失去意識，下一波攻擊絕對會來……！

然而在不知不覺間，我已經被逼到了牆邊。剛才落下的鐵塊堵住左右兩邊，前方又是最開始跟著GⅢ一起掉下來的廢鐵山。我無路可逃。

「嘿──咻！」

「嘿～咻的呢！」

要來了，致命的鐵塊攻擊──三塊、四塊，我連數的時間都沒有──

「──啊啊啊啊啊！」

我靠著大叫甩掉痛覺與臉上的鮮血，從倒地狀態像跳地板舞一樣抬起雙腳。剛才已經知道靠四倍櫻花可以彈開一個鐵塊，因此我這次以背部為起點，聯繫到腰部、膝蓋、腳踝，施展兩腳同時×兩倍櫻花──「磅！」一聲踢開最初的鐵塊，防止自己被壓扁。從我的屁股另一側頓時傳來「隆──！」的聲響。緊接著下一發，再下一發，用腳把鐵塊踢向身體周圍。別輸，輸了就會被壓死啊。

一塊塊沿著弧線軌跡朝我落下的鐵塊陸續被我踢開，掉到我的周遭。每一塊重量都有好幾噸的鐵塊「隆！隆……隆……！」地接連落下……

「……！……」

到最後，我的周圍已經沒有空間了。大量鐵塊形成的牆壁與發射井的內牆將我徹底包圍──然後從上方又繼續落下鐵塊，但因為被我周圍鐵塊的頂部擋住而掉向牆邊，並沒有把我壓死。

就這樣，鐵塊流星雨結束了……我在狹窄的空間中勉強讓自己恢復成頭上腳下的姿勢。

然後用左手擦拭沾滿鮮血的臉，發現鼻子特別痛。看來是折斷啦。

「──嗚！」

啪嘰……！我用自己的手把鼻骨扳回原位。以前我就讀強襲科一年級時有一次在蘭豹的虐待訓練中折斷鼻梁，結果那個虐待狂教官竟然笑著抓住我鼻子扳回原位。當時我超恨她的……不過現在真該慶幸自己因此學會扳鼻梁。畢竟要是鼻子不順，就會被血堵住而難以呼吸啊。

「吁、吁、吁……」

我強忍著甚至讓手顫抖的疼痛，先右再左──依序把手指伸進鼻孔，靠呼氣把另一邊鼻子裡的血擠出來。灌到喉嚨的血也全部吐出來不吞下去，最後再吸入空氣。這些動作我都很小心不要發出聲音，可是……

「──看來還沒死呢。」

「一如傳聞，真耐打。」

貝茨姊妹的聲音比我預料中的還要靠近。她們是來窺探被關在鐵塊牢籠裡的我狀況如何。這下沒時間讓我把脫臼的右肩扳回原處了。

話雖如此，不過這座鐵塊牢籠到處有縫隙可以讓人脫困。那對姊妹似乎還沒有發現我的身影，於是我靠躡腳走法版的潛林朝聽不到她們聲音的方向脫逃出去……

「……！……？」

我看到了一隻手。

只有手腕以下的、手掌。

是GⅢ的左手……從遠在頭頂上方的發射口處靠繩索垂吊下來。而且用倒吊的狀態對我招手，看起來有夠詭異的。

GⅢ的電動義肢可以靠推進器將拳頭部分發射出來，然後拳頭後端有可拆卸式的繩索連接手腕部分。但是那繩索並沒有很長，應該是接上凱迪拉克的絞盤拉出的繩索才能垂到這裡的。那輛租來的凱迪拉克原本是幫派分子開的車，所以車子上裝有可以把人拖在車子後面凌虐用的絞盤啊。

而GⅢ他……聽到槍聲停歇後接著是廢鐵崩落的聲響，我又遲遲沒有上去……因此判斷狀況危急，才會垂下自己的手救援我的。

（……可惡！雖然很遺憾，但是……）

面對使用未知能力的貝茨姊妹，我沒有勝算。就像我自己一再強調的，我即使是個放棄當人類的人類也終究是個人類，與惡魔一打二無論如何都會處於劣勢。

（在曠野誘惑耶穌卻反被訓斥的惡魔據說也只有一隻而已啊……）

——於是我試著用右手抓住GⅢ的手……但因為右肩脫臼無法施力，而改用左手抓住。反正不管怎麼說，以我現在的傷勢與出血狀況也已經無法戰鬥了。

沒有發現我這行動的貝茨姊妹——雖然能夠讓鋼架落下，但沒辦法讓鋼架上升。像剛才我被鐵塊掩埋的時候，她們也沒有讓鐵塊浮起來確認底下的狀況。或許她們的力量即使很強大，也無法抵銷重力的影響吧。

似乎透過感應器察覺我抓住義肢的GⅢ，立刻把我從鐵塊山的背後往上拉起。

「——唉喲唉呦。」

「——哎呀哎呀。」

我在途中撞到了兩三次還殘留在牆上的鋼架鐵板——因此聽到聲音而抬起頭的貝茨姊妹那發出紅光的眼睛，已經在遙遠的下方了。

從這裡到頂端已經沒有礙事的鋼架或鐵板。

這次我們雖然沒能擊敗對手，但看來應該可以順利逃走了。也不用擔心會被追殺。畢竟貝茨姊妹自己把爬上來用的階梯都破壞掉啦。

正當我這麼想的時候……

（嗚……？）

我的身體忽然被某種東西纏住，往下拉扯。是肉眼看不見的不自然力量。我以為自己又要被拉回發射井底部，嚇得冒出冷汗。然而——

貝茨姊妹影響我身體的力量很小，對我的上升也沒有造成多大的障礙，只是讓人覺得煩而已。而且隨著高度上升，那力量也越來越小——最後——

唰沙沙沙！我總算從鋼鐵地獄中脫逃到地面上。亞利桑那州的陽光照得我眼睛好刺痛，不過滿身瘡痍的身體被拖在砂石地上更讓我感到疼痛。仔細一看，GⅢ為了把繩索拉上來，不只是全速捲動絞盤而已，甚至讓車子本身也在行進。你當這是西部拓荒時代用馬拖行的私刑嗎！

「喂、喂！停下來！我出來了！我已經出來了！」

「——師父！」

在凱迪拉克的後座，馬尾隨風擺盪的風魔見到渾身是血的我大聲叫喚，當場慌張起來。原來她已經恢復意識啦，真是太好了。畢竟她就跟她師父一樣很耐打嘛。

「老哥，快上車，咱們閃人啦！」

讓凱迪拉克緊急剎車的GⅢ依然繼續捲動絞盤收回繩索，不過——

「等等！貝茨姊妹要是上來得快，又會被她們開車追上了——」

仔細想想其實只要我放開GⅢ的義肢就能結束這場拖行凌虐之刑了，於是我趕緊鬆手，從像在撲壘的動作站起身子後……走向剛好停在附近的那輛貝茨姊妹的警車——洛城市警的吉普Wrangler。

「我就說那輛車是炸彈啊！我剛才已經確認過車底下有引爆裝置，只要搖晃就會爆炸啦！」

GⅢ與吉普車保持一段距離，技術高竿地只用右手讓車右轉並停下來對我如此大喊。然而我不理會他的警告……

「那正好。我就用那炸彈把車子毀掉。」

首先來解決一下我有一隻手無力下垂的問題吧。

於是我用左手扶起右手上臂，讓右拳貼近到吉普車的車門——

「——秋水！」

接著「磅————！」地使出中國武術裡的寸勁——的極限版招式『秋水』，藉由反作用力「喀！」一聲讓肩膀歸位。同時也靠櫻花全力往後方跳開。

有如被反戰車步槍擊中般凹了一個洞的吉普Wrangler——「轟隆！」地像榴彈一樣炸開，烈焰之拳當場朝四面八方痛毆。然而因為我高速往後跳開的關係，那火焰只有掃過我身體前方。橘紅色的烈焰緊接著變成黑煙，並且從那團黑雲中——化為大量凶器的吉普車破片以超音速飛來。

不過面對這種大量飛散的物體，我有招式可以閃避。

「雨水簾——！」

傳到後世變成閃躲液體用的這招，其實原本是遠山家的祖先在第一次元日戰爭時被徵召前往對付蒙古軍——卻被榴彈的原型『鐵砲』給打得吃盡苦頭，所以在第二次元日戰爭之前開發出來的招式。

畢竟高速飛來的破片是往四周散開，因此其中必有空隙。而雨水簾就是透過看出那些空隙，並接連擺出閃避姿勢躲開那些飛來物體的招式。雖然我不知道是真是假，不過據說當年為了對付鐵砲而徹底磨練這招的祖先大人甚至在雨天也能避開雨滴不被淋溼，所以很囂張地取了這樣的招式名稱。

就這樣，我在半空中接連擺動全身，做出像『卍』、『大』、『Z』等等動作，躲開朝我飛來的吉普車破片——最後擺出像Golgo松本的『命』字姿勢安全落地。至於從上空灑下來的細小玻璃碎片反正不會造成什麼傷害，於是……

「——這招就是雨水簾，根據距離狀況甚至連霰彈都能躲開喔。」

我耍帥地轉回身子，朝凱迪拉克的方向如此說道。

「超、超強的……！雖然動作很醜……」

「師父真是太厲害了……！雖然動作很醜是也……」

GⅢ跟風魔都露出一半驚訝，一半傻眼的表情。為什麼啦？

「……今天的觀眾還真是囉嗦。拿去啦，你的左手。」

我撿起靠彈簧鉤接在絞盤繩索上的GⅢ那個義肢並拋給他之後──自己跳進凱迪拉克的後座。

「好！閃人啦。我看貝茨姊妹大概爬不上來，只能等著在發射井底下變成木乃伊了吧。」

GⅢ把拳頭裝回自己手上並如此說道後，握住方向盤準備重新打檔時……

──啪──啪──！

「……看，都是你講那種話豎旗啦！」

「呃……騙人的吧，喂！」

「怎麼會……！」

我們三人都當場傻住了。因為貝茨姊妹居然就像海盜桶的黑鬍子一樣從飛彈發射井的發射口飛了出來。明明已經沒有階梯，她們是怎麼上來的啦！

嘰嘰嘰──！凱迪拉克的輪子發出燒胎空轉的聲音。

裝有珍貴的原廠輪圈蓋的輪胎掀起沙漠地上的沙子與雜草，空轉一瞬間後往前駛出。但是重達二點二噸的車體沒辦法立刻完全加速。

「你們逃也沒用的！危害神之國度美利堅的傢伙們──」

「──我們會追到天涯海角！你們逃也沒用的！」

大概是剛才已經從爆炸聲知道吉普 Wrangler 被破壞的關係，貝茨姊妹頭也沒轉就全速朝我們衝來。兩邊的頭髮都往後飄起，讓側頭部的犄角完全露了出來。姊妹與我們之間的距離越來越短，三十五公尺、三十公尺、二十五公尺……！

「要被追上了是也！」

風魔拿出火繩槍，把槍托架在車座的頭靠上──但因為車子在凹凸不平的沙漠上劇烈搖晃的緣故，她光是要用廉價打火機點火都不斷失敗。

「看吧，當初聽我的話租 Prius 不就好了！美國老車就是起步很慢啊！」

我雖然也拔出貝瑞塔，卻看到貝茨姊妹的眼睛發出連在太陽底下也很明顯的紅光。不行，這樣就算開槍也打不到她們。她們會使用那未知的力場干擾。

就在這時──凱迪拉克「砰！」一聲開上了公路。因為回到鋪裝路面的緣故，加速也變得順暢，時速很快升到每小時七十公里──即使是奧運選手也追不上的速度。

凱迪拉克繼續加速到八十、九十公里，可是……

「呵呵呵──」

「呵呵呵呵──」

我們與姿勢大幅前傾的貝茨姊妹之間完全沒辦法拉開距離，依舊保持在二十五公尺。

（……騙人的吧……！）

話說那姊妹的跑步方式也太誇張了。就像獵豹一樣，一步一步都是水平跳躍，幾乎等於在飛了。而且為什麼隨著我們加速她們也能跟著加速？另外，這輛車明明應該可以加速到時速一六〇公里才對的，現在卻只有一二〇公里左右，這又是為什麼？

「GⅢ你在幹什麼！繼續加速啊！」

「我油門已經踩到底啦！混帳！難道是哪裡故障了嗎……！」

「該死……是她們用念力在拉我們……！總之你想想辦法讓車子跑快一點！」

「要不然老哥你下車啊！那樣就會變輕了！」

在維持時速一二〇公里的凱迪拉克上，我和GⅢ有如兄弟吵架般嚷嚷著。

「師、師父……！」

把火繩槍抱在手中看著貝茨姊妹的風魔忽然錯愕大叫——於是我也把視線看過去，結果眼珠子差點都跳出來了。

「呵呵呵！」

「嗚呵呵呵！」

——在、在飛。

貝茨姊妹居然真的飛起來了。與道路保持幾十公分的高度。

用彷彿超人在飛的姿勢，抬頭盯著我們的方向。

雖然偶爾會蹬一下地面，但幾乎已經沒在奔跑了。現在她們花在跑步上的力氣頂多只是輔助而已，主要是靠超能力在追我們的車。而且一邊飛行還一邊像在拉什麼看不見的繩索一樣逐漸拉近跟我們的距離。

「難道是靠念力讓自己在飛嗎……！連那種事都能辦到的話根本什麼都能幹了嘛……！」

GⅢ也看著後照鏡嚇得魂飛魄散，不過……

「——別慌！能飛的超能力者也不是第一次見到了。像亞莉亞就會飛，還有莎拉也能讓自己稍微飄浮起來啊！」

我對這種超自然現象已經很習慣了，倒是不感到慌張。既然她們會在自己車上裝炸彈，我早就猜到她們應該藏有什麼另外的移動手段——結果原來是會飛啊。剛才大概也是利用那個力量從發射井中脫逃出來的吧。

如今貝茨姊妹已經沒有再把腳踏到地面上。雖然她們沒有繼續上升到比凱迪拉克更高的位置讓我覺得有點奇怪，但或許是為了不要讓自己減速的關係吧。

（精密射擊只會被她們偏開。靠彈幕把她們逼遠吧……！）

於是我用貝瑞塔朝妹妹珊蒂展開全自動射擊。結果珊蒂忽然把手伸向旁邊的諾瑪，並配合諾瑪像在游泳般揮起手臂的動作，施展出漂亮的桶滾（barrel roll）飛行躲開了子彈。變得像轟炸機的尾部射擊員一樣對付尾隨戰鬥機的我接著把目標改向諾瑪，但她同樣把手伸向珊蒂後使出像副翼滾（aileron roll）的飛行動作躲開了攻擊。

「——在下助陣是也！」

總算把火點燃的風魔把火繩槍舉向諾瑪，「磅！」一聲開槍……可是諾瑪與珊蒂互相把手掌伸向對方，左右散開。原本就瞄得不是很準的鉛彈根本擦碰都沒擦碰到諾瑪，只在後方遠處的荒野上「啪唰！」地掀起沙塵。

珊蒂與諾瑪接著把張開的手掌伸向凱迪拉克，重新從左右後方漸漸逼近。

「不妙啊！要被追上了……！」

GⅢ的腳幾乎快把油門踏板踩壞，車子也已經升到最高檔位了。

即便如此，車子卻依然沒辦法達到預期的速度。是貝茨姊妹靠超能力在妨礙這輛車。

「該死……！不過這下我稍微理解了。貝茨姊妹的能力肯定只能對有質量的物體造成影響。所以如果是沒有伴隨質量的攻擊——或許就會有用！」

我說著，把槍收回槍套，並將雙手疊起來收到臉頰邊。

這是我向妖刕靜刃偷學來的衝擊波招式——炸霸。我就用這招把她們炸飛……！

「那招老哥以前在灣岸線公路上對飛龍用過卻失敗了不是嗎！」

透過後照鏡看到我動作的GⅢ如此慌張大叫，但我依然很冷靜。

「後來我在無人島上成功過一次，把老虎炸飛了。所以成功機率是百分之五十，就算失敗，只要再施展一次肯定就會成功！」

「不不不老哥，那種計算方式很奇怪啦！」

「很奇怪是也！」

「──囉嗦，給我閉嘴！不要害我分心！」

不但是中距離，而且不是呈現直線而是呈現一個面，能夠同時攻擊複數目標的炸霸──看似方便，但其實很難抓時機。要是目標距離太遠，或是太近而跑出扇形攻擊範圍之外，就會連一隻蝴蝶都殺不死，是個相當不方便的招式。

在搖晃的車子上，我為了估算炸霸的有效範圍而集中注意力。有如戰術飛彈般貼著地面飛翔的貝茨姊妹越來越逼近，連她們衣服上的警徽紋路以及眼睛瞳孔都能看到了。再近一點、再近一點──就是現在！

「炸──霸！」

高速公路上的砂石以及車道兩旁的沙漠霎時「啪沙──！」地飛揚起來，讓肉眼能夠看到疾馳的凱迪拉克後方拉出一片彗星尾巴似的炸霸衝擊波。一如我的預想，從行駛中的車輛上放出這招的話，圓錐形衝擊範圍的頂角會變得比較窄。而貝茨姊妹勉強在那範圍內──

磅──！啪嗤────！貝茨姊妹迎面撞上炸霸的衝擊波面。

「──啊──！」

「呀！」

結果她們姿勢一亂，急速遠離。而我們的車子就像被什麼看不見的橡膠線與那對姊妹接在一起似的，跟著減速了一下。然而就在那對姊妹與我們遠離到某個距離的瞬間，那橡膠線就好像被切斷了一樣——凱迪拉克一口氣加速起來。看來應該是我們脫離了她們的念力範圍。

在半空中互相拉近距離的諾瑪與珊蒂兩人纏在一起，變得像球一樣圓——我猜大概是為了兩人一起護身的動作——以時速九十公里左右的速度滾落到高速公路上。接著立刻站起身子，不過……

她們沒有再追上來了。被留在沙漠中的那對身影越來越遠、越來越小。

（總算……把那對雙胞胎惡魔甩掉啦……）

我全身癱坐到凱迪拉克有如長椅般的後座，「呼……」地鬆了一口氣。

「在關鍵時刻順利施展出招式啦。老哥，運氣不賴。」

「真、真是厲害的忍術，在下萬分佩服是也。」

「這不是忍術啦。」

在GⅢ與風魔面前，我雖然成功對諾瑪與珊蒂報了一箭之仇……但那對惡魔姊妹應該遲早會再度向我們出手吧。要是不能看穿那未知超能力的真相——下次肯定連逃都逃不掉了。

不，照我現在的狀態……別說是跟貝茨姊妹再戰一場了，就連這場尋父之旅能不能繼續都很難講。頭部裂傷，右肩脫臼造成的韌帶損傷，腹部大量內出血……另外還有數不清的外傷與撞傷。腳部的骨頭應該也有出現裂痕。因為一連串亂來的招式，全身的肌肉與關節也有多數自損。如果我是醫生，寫診斷書時應該會覺得麻煩到乾脆只寫一句『全身破爛』吧。

（對卒沒有發作算是不幸中的大幸，但這傷勢應該是需要住院治療的等級啦……）

雖然一個被ＦＢＩ通緝的傢伙根本沒資格奢望那種事情就是了，而且我也沒有投保美國的健康保險啊。

2彈　老哥有朋友？

離開了莫哈韋沙漠的飛彈發射井之後，在筆直的高速公路上——我們雖然一路警戒偶爾錯身而過的車子，還有在與車道平行的鐵路上行走的柴油火車，可是……從新墨西哥州，到奧克拉荷馬州、阿肯色州……我們這輛大型敞篷車都平安無事，各花了四個小時左右的時間橫越了各州。因為跨越了好幾次時區，偶爾需要一個小時、一個小時地調整手錶——不斷往東，再往東——經過教人難以相信是先進國家風景的原始沙漠、無人的荒野以及被星月與山陵圍繞的一片黑暗。唯一能夠依靠的就只有凱迪拉克的那顆V8引擎。

我們輪班駕駛、警戒與補眠——在出發之後迎接的第二次早晨，東部時間約中午時間……經由一座巨大的水泥橋渡過波多馬克河，總算抵達了——美國首都華盛頓DC。

所謂的DC是District of Columbia——哥倫比亞特區的縮寫，也就是這個地區的正式名稱。這裡的面積連東京二十三區的三分之一都不到，人口也僅有六十萬人。然而像總統官邸白宮、國會、聯邦最高法院等等超級大國美利堅的中樞機關都集中在這裡。

話雖如此，不過在十八世紀有計畫性進行建設的這座城市並不會給人凌亂的感覺……寬闊的空間中建有許多的綠地，與過度密集狀態的紐約與雜亂的洛杉磯都完全不同。美麗到教人不禁嘆息，寬敞舒適又整然有序。在這方面就不愧是美國了。

而在這座華盛頓DC的郊外，看地圖是位於北邊的 Ludlow Blunt 路……

知道老爸消息的女人──T夫人就在那裡。

「能夠來得這麼順利反而讓人覺得很毛啊。雖然應該有在監視，可是FBI也完全沒有動作……」

穿過一處沒有平交道的鐵路時，負責駕駛的GⅢ對坐在副駕駛座警戒四周的我如此呢喃。

「……一定是FBI認為貝茨姊妹絕對可以解決掉我們。但實際上貝茨姊妹卻不但讓我們逃掉，甚至還被丟在沙漠中等待救援。」

「──也就是說FBI內部認定是貝茨姊妹落敗？」

「畢竟FBI自己把王牌先打出來了。這在戰術上是常有的事情。哎呀，或許也是對方重新體認到，對於能夠徒手解決大批武裝軍人並逃出機關的可怕人工天才還是不要隨便出手比較好吧。」

「他們應該是覺得對於在全世界闖禍而惡名昭彰的 Enable 還是不要隨便出手比較好才對吧？」

「闖禍……惡名……要一一去否認感覺也很蠢，我就不否認了……」

「對吧？而且還帶了個忍者部下，對方當然會怕啦。」

雖然那個忍者現在盤腿坐在後座睡覺就是了，不過確實，美國人經常會把忍者誤解成什麼超人。即使風魔從頭到尾都沒幫上什麼忙，但也許至少有發揮嚇阻的效果吧。

「怎麼樣，老哥？要不要趁著現在風平浪靜，直接去拜訪T夫人啊？」

「……對方是伊．U的前身——超黍師團的第二代，有遺傳到超人能力的可能性。萬一立場敵對——照我們的傷勢搞不好會被幹掉。」

「這麼說也對。要一路往前衝雖然容易，但停下腳步的時機就很難抓啦。」

「你剛才也說過，FBI想必有在監視我方的行動。雖然在公路上都沒有地方可以躲藏——但都市裡就不一樣了。我們就暫時在華盛頓DC找個地方潛伏吧。維修裝備、補給彈藥，另外……我希望多少讓傷勢跟體力恢復一些。」

雖然在路上出血已經停止，傷口也清洗過了。可是——

我在與貝茨姊妹的交手中受到的傷害相當嚴重。即使日常生活還沒什麼問題，但肯定無法承受戰鬥吧。

「會痛嗎？」

「說不痛……是騙人的吧。痊癒大概需要一個月左右。就算現在沒時間讓我休息到痊癒，我希望至少能接受最低限度的治療。」

GⅢ和風魔雖然都只有受到輕傷，但傷就是傷。我們三人都需要休息一段時間。

既然如此，在尋找藏身處之前我們必須先想辦法把這輛顯眼的美國車藏起來。

以前偵探科有上過車輛藏匿的課程……內容是把一輛半毀的大發汽車藏在街上某個地方的演習。而我當時想不到該藏在哪裡，乾脆把車丟進東京灣，結果就被高天原佑彩老師說「笨蛋要接受處罰喔～」並騎到身上，用指揮棒戳遍我全身上下的洞，而且還被下令重新接受測驗——於是我哭著向風魔求救後，她就用各種著色板與塑膠布幫我把車子偽裝成完全不同的車輛了。據說那是叫『木遁』的忍術。

（這次就叫她再用一次那招吧。不過她現在在睡覺……）

我如此想著並轉回頭，卻發現風魔醒了。

然而她跪坐在車後座低著頭，因此——

「怎麼啦，風魔？想吐嗎？」

我不禁為在亞利桑那州的飛彈發射井中被貝茨姊妹用鐵板撞到頭的風魔感到擔心，如此詢問之後……

「呼呀？非……非也。在下沒事。」

抬起頭的風魔臉色看起來有點黯淡，感覺不太尋常。或許是戰鬥造成的傷害加上疲勞累積的緣故吧。畢竟她在身為師父的我面前，會有逞強自己不讓我看到丟臉一面的傾向。

「我們要把這輛車藏起來，所以妳用木遁幫個忙吧。GⅢ，能不能帶我們去什麼可以買到業務用ＤＩＹ材料，像日本的手創館或五金百貨之類的店家？」

「那就去Lowe's吧。不過把車藏起來之後，我們三個人要到哪裡去？要是像在洛杉磯那樣住旅館，可是會被FBI發現的喔？」

「嗯……GⅢ在華盛頓DC有朋友嗎？像是可以免費提供住處，而且要是敵人來襲還會幫忙擊退的英雄之類的傢伙。」

「也不是沒有啦……但全都是跟警察很接近的傢伙。而且照貝茨姊妹的說法，咱們在找老爹好像是什麼反美行為的樣子對吧？那我也不方便連累對方啦。」

「確實那樣會給對方添麻煩。而且要是FBI找上門，對方搞不好也會跟我們敵對。」

「那就沒辦法啦……這次用我的關係吧。我要說有朋友也是有啦，剛好在華盛頓DC。」

「呃，老哥有朋友？」

「不要露出那種真的感到驚訝的表情。而且要驚訝應該是驚訝『在華盛頓DC』的部分吧？哎呀，只要付錢給對方，應該至少會願意藏匿我們啦。畢竟對方是個武偵。」

「老哥……有朋友……」

「……對方是幫我改造過貝瑞塔跟沙漠之鷹的人，即使是違法改造也照做不誤，所以我想就算我們是通緝犯也應該會願意幫我們的忙吧。名字是叫平賀文啦——」

「Aya（文）？這下我懂啦。那是日本的女性名字。老哥不管在哪個國家都有女人啊。簡直就像大航海時代的船員一樣。」

「喂，你對我這個人有相當根本的錯誤認知喔。」

「我聽金女說過啦，老哥在中國有昭昭跟猴對吧？在英國有亞莉亞跟梅露愛特，在法國有貞德，在德國有卡羯，在義大利有貝瑞塔跟梅雅——」

「美國是空白地帶！還有南美，還有，呃～……在澳洲也沒有！」

「像那樣還必須去想什麼地區沒有，反過來就證明了我的認知沒有錯——痛啊！拜託你真的別揍我肩膀啦！」

因為我揍了正在開車的GⅢ一拳，讓車子稍微搖了一下。

「平賀同學現在是華盛頓武偵高中的留學生，可是也會出入洛斯阿拉莫斯尖端科學研究所。今天她在哪裡只能碰運氣了。我打個電話看看。」

我說著，撥電話給平賀同學的手機……但因為我只知道她日本的手機號碼，於是長按0用＋開頭撥號……

『——哈囉哈囉～？』

哦，她很有精神地接起電話了。明明她應該不知道我現在這支手機號碼的說，真是個天真無邪的傢伙。

「平賀同學，是我。我啦我啦，我遠山金次啦。為了證明這不是我啦我啦詐欺，我接下來說一段我跟平賀同學共通知道的私人往事。武藤在半年前的武偵戰友會上打算表演把衛生紙條從右邊鼻孔伸進去左邊鼻孔伸出來的特技，可是卻失敗打了個噴嚏，結果……」

『文文已經知道了別再講下去的啦，不要讓文文想起那件噁心的事情呀！話說遠山同學，你的電話號碼是顯示＋1，難道你現在在美國的嗎？』
「是啊，我現在剛到華盛頓DC。不過我正在被FBI追捕，可以暫時借平賀同學的家躲一躲嗎？順便拜託妳幫忙維修一下武裝。」
『不管到哪裡，遠山同學就是遠山同學的啦。文文甚至都感到安心了。不過反社會性的工作最好不要在銀行戶頭留下交易紀錄，所以在支付酬勞上需要花點工夫的啦。』
多虧我是老顧客的關係，平賀同學願意正面考慮看看我這次的委託了。畢竟我們現在也沒有其他人可以依靠，這真是幫上大忙啦。
「——酬勞我付妳純金。」
萬年缺金的金次居然講出這樣的發言，讓GⅢ以及隔著後照鏡的風魔都露出驚訝的表情了。
『純金！』
「雖然不是金條，不過是個珍貴收藏品喔。全美英雄協會三十週年的紀念品，純金子彈——拿去賣可以賣到一千美元。」
「喂，老哥。」
GⅢ立刻瞪了我一眼，但我不理會他——
「我們已經是一不做二不休、吃毒吃到盤子底的狀況，妳就不用幫我們開什麼收據了。也就是說不需要課稅。」
雖然換句話說就是逃稅了，但畢竟對手是個妨礙父子重逢的國家，拒絕這點納稅還算是有良心啦。

『嘻嘻嘻！遠山家的，你也頗壞的嘛。那壽盤子，就讓文文也嘗一嘗的啦♪』

——很好，她答應了。

「總之我想先跟妳會合。妳現在在哪裡？華盛頓武偵高中嗎？」

『可惜呀可惜，文文在洛斯阿拉莫斯的啦。不過也有在華盛頓DC的啦。遠山同學，你知道文文的住址嗎？』

「……？哦、哦哦，上次用郵購跟妳買武偵彈時的寄件住址還存在我手機裡。」

『那就不用客氣，直接過來的啦。要是讓客人花太多電話費也不好，就到這邊掛斷的啦～』

聽到平賀同學這麼說，於是我恭敬不如從命地結束通話——在我打電話的這段時間，我們的車子開上了把華盛頓市區南北切開的中央大道——憲法大道。這條路北邊可以看到白宮，南邊可以看到華盛頓紀念碑，是一條左右各四線車道的東西向道路。

「——平賀同學雖然人在洛斯阿拉莫斯，不過似乎也在華盛頓的樣子。」

「……請問是分身之術嗎……？」

「上次金子也問過了，同時存在於兩個場所到底是怎麼回事？」

「上次克羅梅德爾也說過了，畢竟她是個怪人啊。」

「光這樣就能解釋過去，真不愧是老哥……話說喂！你竟然擅自把我的純金子彈給賣掉——」

「風魔，快看左邊，是白宮啊。在電視新聞或電影中經常看到的那個。」

「哦哦……！感覺比在下想像的還要小間是也。」

我把風魔也拖進來一起進入觀光氣氛，含糊帶過GⅢ的抗議。不過……老爸以前搞不好也有在那棟白宮做過總統保鑣。如果是那樣，那就是在兩年前巴拉克・歐巴馬那次超級星期二之後。所以白宮可說是比那張照片還要更接近現在的老爸痕跡。

在一片藍天下望著那棟白色外牆的總統官邸——這樣的現實感與預感頓時湧上我心頭。

在時間上，或許在空間上也是，我們都漸漸在接近老爸了。

到了在美國來說類似日本五金百貨的店家——Lowe's的地下停車場後，我們把凱迪拉克停到監視攝影機的死角處，並買材料交給風魔——由我和GⅢ負責警戒監視，讓風魔施展那招讓人懷念的木遁之術。

而風魔這次也表現精采，短短十五分鐘內就用布料、塑膠布、塑膠板等等東西把凱迪拉克 Eldorado 變成了雪佛蘭 Impala。這個寬敞的停車場不但免費，也沒什麼人。我們就暫時把車停放在這裡吧。

接著我們把從車上拿出來的行李塞進風魔的包袱與GⅢ的行李箱中……很有耐性地等到一輛車高較高的搬運卡車來到停車場，然後就像吸盤魚一樣，三個人貼在卡車底下離開了停車場。這招我以前在布魯塞爾為了逃離師團時就做過，而風魔在武偵高中一年級時也學過，然而GⅢ倒是又嫌動作醜又嫌危險的，對這招吸盤魚評價很差。但不管怎麼說，這也是為了甩掉FBI監視網的必需行動啊。

至於這輛從Lowe's出發的大卡車會往哪裡開完全要碰運氣，而運氣很差的我們每次發現方向不對的時候就只能趁著停紅燈的機會貼到其他卡車或油罐車底下，結果花了不少時間。

然而最後總算……在幾乎快黃昏的時候，我們抵達了平賀同學居住的華盛頓DC東部，一處叫Mayfair的地區。

那是一片磚瓦長屋子規則排列在平坦草地上的整齊住宅區。而我每次購買平賀郵購已經很熟悉的住址就位於其中一個角落，是一棟兩層樓高的漂亮建築。然而並非整棟大房子都是平賀同學的家，而是在兩代同堂住宅中借了一半的空間來住的樣子。

話說回來，美國的房子真棒啊。光從外觀上就能看出來裡面一定很寬敞，感覺應該是我在學園島那間房間的十倍大。哎呀，雖然從路旁插有『Drug Free Zone（禁販麻藥）』的告示牌可以推測，居民水準應該半斤八兩就是了。

「好，住址就是這裡沒錯。而且門前還有停一輛裝了輔助輪的腳踏車啊。」

「老哥在美國的女人……是個運動神經差到連腳踏車都不會騎的武偵嗎……？」

「GⅢ大人，平賀大人並不是師父的那種女性是也。」

我們如此交談並踏上室外階梯，在刻有西班牙式浮雕的入口門前按下寫有『89-1B Aya Hiraga』的電子式門鈴。

接著門旁的喇叭便傳出接上對講機的『喀嚓』聲響……

『——喂？』

咦？這不是平賀同學的聲音喔。是聲調比平賀同學高而可愛，感覺像幼稚園兒童的少女聲音。

難道除了我們之外還有其他訪客嗎？還是說平賀同學是跟學校同學一起住在這間大房子？

「……呃～我是 Aya Hiraga（文．平賀）的訪客，已經跟她約好了，麻煩幫忙轉告她。」

我姑且試著這樣告知後……

『……文文，有客人，來了。知道，是誰嗎？』

那位幼女聲音的人就對似乎在屋子裡的平賀同學如此說道。

話說這生硬的英文是怎麼回事？感覺怪恐怖的。

就在我們訝異得愣在原地時，對講機被掛斷……接著門鎖很快就「喀」一聲解開。於是我們打開門，結果明明是在槍械犯罪氾濫的美國——平賀同學竟然毫無防備地就從大理石地板的公用走廊轉角處跑了出來。即使在美國，她也依然穿著那套紅色水手服，而且那打扮莫名適合她，給人感覺像個中學女生。話說她明明就在華盛頓D C嘛，不是在洛斯阿拉莫斯。

「——遠山同學！好久不見的啦！」

用日文向我打招呼，並招待我們進入公用走廊的平賀同學——是我遭到退學之前在武偵高中的同年級同學，裝備科的天才兒童。是個只要肯付錢，就算是遊走在槍刀法邊緣的工作也照接不誤，但也因此沒能升上S級武偵的女孩子。

「哦～！妳是風魔陽菜的嗎～？我是以前跟妳一起踢過足球的平賀文文的啦，還記得我嗎？」

「那當然，那時候受妳關照了。」

「一如大部分人的預料，遠山同學被武偵高中退學的啦。陽菜明明已經不是戰妹了，卻還跟遠山同學在一起嗎？文文覺得妳應該更珍惜自己生命的啦。」

平賀同學很天真無邪地對風魔如此說著，但「大部分人」是指誰和誰啦？還有後半的發言我也想吐槽。別看我這樣，我可是還沒有讓任何夥伴喪命過喔。

「這就是文．平賀嗎……幫老哥改造槍枝的天才手槍技師……」

關於見到平賀同學像個小孩子的外觀而感到驚訝的GⅢ，我只用「這是我老弟」一句話短短兩秒鐘結束介紹後——

「雖然我經常透過郵購受妳關照，不過真的好久沒見到面了。像這樣實際面對面應該是從上次在成田機場擦身而過之後的事吧？」

我如此說著，對平賀同學露出笑臉。

「其實也不能那樣講的啦。嘶澎♪」

結果平賀同學忽然擺出用雙手摀住耳朵似的動作後……

「嘶澎」一聲把自己的頭往上拔掉了。

「——！」

我當場嚇到腳軟，「嘶咚！」一聲跌坐到硬邦邦的大理石地板上。風魔也嚇到馬尾往上豎起，GⅢ也把眼睛瞪得老大。

這、這、這是怎麼回事的啦？人頭應該不是可以那樣輕易拔掉又接上的東西吧？雖然以前希爾達被梅雅砍頭的時候是若無其事地又接回去就是了啦……！

「——這是機械文文的啦。因為自動模式動得不是很順利，所以現在是文文從洛斯阿拉莫斯遠端操縱的啦。雖然是採用雙向性主從模式操控，不過這邊的文文腦袋並沒有被拔掉，不用擔心的啦！」

……平賀同學用雙手捧高的平賀同學腦袋如此嘰哩呱啦說著。簡單來講就是經由網路遙控的機器人是吧？說真的，為什麼在我周圍無論是敵人還是自己人都老是讓我看到像惡夢一樣的情景啦？而就在我這麼想的時候……

「——哈啾！」

在洛斯阿拉莫斯的平賀同學似乎打了個噴嚏，讓華盛頓DC的平賀同學的頭也跟著打噴嚏。結果那顆頭就從她手中掉了下來，於是癱坐在地上的我趕緊把她接住。雖然是把她的短雙馬尾像握方向盤一樣握住就是了。

話說，像這樣拿著一顆女孩子人頭的畫面要是被附近鄰居看到，我搞不好會因為殺人嫌疑遭警察逮捕。於是我趕緊站起身子，把雙馬尾方向盤狀態的平賀同學腦袋放回無頭身體上。嗚哇，我不小心看到切斷面啦。在矽膠皮膚內側有發出藍光的非接觸式接頭。感覺都害我留下恐懼症了。

「嘿嘿～謝謝你的啦。」

如此苦笑的平賀同學頸部接合部位的矽膠皮膚很快地互相吸附，變得看不出縫隙了。好厲害。

「原來如此……是現代版的影分身之術是也……」

「比LOO還先進啊。科學的進步速度真是日新月異。」

在風魔與GⅢ好奇觀察下，平賀同學「嘿嘿」地得意挺起胸膛。而那胸部——明顯沒有加大。她本人很在意的虎牙也都有保留下來。看來她為了能夠當成自己的替身，外表上連細節部分都做得跟自己完全一樣。

就像GⅢ剛才說的，跟LOO只要相處互動就立刻能發現她不是人類。這是因為LOO的舉止動作明顯比人類少，而且比較生硬。然而機械文文因為是直接投射本人的動作，所以就算每天生活在一起應該也不會發現吧。像她引導我們從公用走廊進入自己房間時，按照日本習慣脫鞋子結果當場摔了一跤。我的眼睛好像瞬間瞄到她被掀起的武偵高中短裙底下露出小熊圖案的某種物體，但我本能上判斷她不是機器人而是個女孩子——就瞬間把那畫面從記憶中刪除了。

就這樣帶著驚訝心情進入的平賀同學住處——空間好大。除了客廳、餐廳、廚房以外還有大大小小好幾間房間。大概是連同家具一起出租的樣子，大廳的奶油色地毯與收納櫥櫃都搭配得整齊統一。真好啊，真有錢啊，這房租一個月要多少啊。就在我一踏進人家家門便開始羨慕起人家荷包的時候……

「來客，三個人，好多。要把十三號、十四號叫醒，招待客人嗎？」

明明這裡又不是什麼游泳池，卻從屋子深處走出一名身穿白色比基尼泳裝的少女，害我差點就心跳停止。不過更重要的是……

「──是LOO……嗎？」

一如GⅢ也感到驚訝地，對方竟然是LOO。水藍色的頭髮上戴著一頂像兔耳朵的天線頭冠。這傢伙不是應該在東京嗎？

「就這麼辦。露吉恩，去把蕾東達跟加勒艾露叫醒的啦。」

平賀同學對LOO如此說道，而我從她的稱呼方式總算明白了。LOO本來是XGY－12……開發代號LOO-GyNe（露吉恩）的少女型機器人的測試機。並不是只有一臺而已。GⅢ臉上雖然也露出明白了這點的表情，但這狀況還是讓人不禁頭暈啊。

穿水手服的機械文文與穿泳裝的LOO──露吉恩一起進入客廳，於是我們三人也跟在後面一起進去後，便看到掛有現代藝術風格吊燈的客廳牆邊有三具外觀像滾筒洗衣機的膠囊……

（……嗚哇……）

從膠囊正面的圓形透明壓克力窗可以看到，其中兩具膠囊各有一名少女以蹲坐姿勢睡在裡面。體型跟露吉恩一樣像小女孩，身上也都穿著同樣款式的白色泳裝。髮色分別為黃綠色與橘紅色，戴在頭上的頭冠伸出來的天線形狀分別像貓耳朵與狐狸耳朵——看來她們也都是少女型機器人，也就是所謂的gynoid（女性仿生人）吧。

「這邊的叫蕾東達，然後這邊的叫加勒艾露的啦。遠山同學們住在這裡的這段期間，就由她們靠自主行動負責招待的啦。」

平賀同學說著並打開膠囊的門，結果身穿白色泳裝蹲坐在裡面的那兩臺機器人的……大腿、根部、中間部分，剛好進入站在斜前方的我眼中。即使有泳裝的白布，這畫面還是相當不好。白色泳裝的女孩子機器人，要從正面看？還是從側面看？我選擇從側面看。

就在我若無其事地改變視角的時候——黃綠色頭髮貓耳朵的蕾東達，以及橘紅色頭髮狐狸耳朵的加勒艾露——「啪、啪」地機械式眨眼，各自睜開睫毛直挺的大眼睛。嗚哇，兩個都是超級美少女臉蛋，簡直像整容偶像一樣五官端整到甚至讓人感到有點恐怖的程度。雖然露吉恩也是一樣啦。

似乎在膠囊內把接在後腦杓的伸縮電線拔掉的蕾東達與加勒艾露，說當然也是當然地……毫不抗拒被初次見面的我們看到自己穿泳裝的樣子。我有預感，她們是遠山金次的天敵啊。雖然爆發模式只會對能夠傳宗接代的對象做出甜膩膩的行為，所以在這點上我可以安心，但總覺得自己還是可以對她們產生性亢奮。到時候能夠傳宗接代的風魔就危險了。在美國幾乎沒有立下什麼功勞的風魔，搞不好會以其他形式幫上我的忙啊。

——因此……

「呃～……平賀同學，她們這三臺的……泳衣、呃、不要穿泳衣應該也行吧？比起穿泳衣接待客人，那個……我覺得穿泳衣不太好吧～」

我雖然對於把色色的打扮講出口感覺很害羞，結果講得連自己都搞不太懂到底在表達什麼，但總之針對泳裝的事情向這個家的主人表示出自己的不滿了。

「啊哈～！遠山同學還是老樣子色色的啦！悶騷的啦！」

然而機械文文卻笑了出來。不管「老樣子」還是「色色」還是「悶騷」的部分我都很想否定啦……

「確實，她們三臺都沒有保溫的必要，也不會被代謝廢物弄髒，要說不用穿泳裝也是不用穿的啦。露吉恩，蕾東達，加勒艾露，給客人特別招待的啦。脫光光照顧遠山同學的啦～♪」

——呀哇！

「不、不不、不是那樣！嗚哇啊啊不要脫妳們不要脫啊啊！」

我趕緊撲向那三臺絲毫沒有羞恥心地把手放到泳衣肩帶上的少女機器人們，結果被GⅢ和風魔分別「就算對方是什麼話都聽的機器人，老哥你竟然一見面就來這套啊……」「師父雖然討厭活生生的女性，但是對機關人偶倒是很強勢是也……」地用彷佛見到大變態似的眼神看了過來。

「我不是要求把泳裝脫掉！正常來想也知道，要是有外觀像女生的東西穿著泳裝在家裡走來走去會讓人靜不下來吧！所以我的意思反而是要妳們穿上什麼東西啦！拜託妳們穿多一點！我懇求妳們！」

身為人類的我，對把自己身上的泳衣拉開準備脫掉的機器人少女們苦苦懇求。總覺得好像只有我周圍比世界早一步進入了AI與人類主從關係逆轉的反烏托邦時代啦。

然而那些少女機器人卻不聽從我的話……

「好啦好啦～那麼露吉恩、蕾東達、加勒艾露，妳們三個都去切換成女僕模式的啦。」

直到平賀同學如此說道，她們才一起點頭，總算停下準備脫掉泳衣的手了。原來她們還有「女僕模式」這種東西嗎？難道會變形什麼的？

正當我這麼想時，那三臺機器人排成一列從客廳走進臥房……一段時間後又穿著女僕服裝與圍裙回到客廳了。原來「切換模式」是指「換衣服」喔！我忍不住當場滑了一跤。但不管怎麼說，至少她們把衣服穿上了！雖然是迷你裙讓我不太能接受，但要是她們只把下半身脫掉我也很傷腦筋，就把抱怨吞進肚子裡吧。

相對於選擇沉默的我……

「這是……從軍用機改良過來的吧？」

身為尖端科學兵器使用者的GⅢ，用銳利的眼神觀察分析那三臺女僕裝機器人。

「就是那樣的啦。文文從華盛頓武偵高中的裝備科被挖角到洛斯阿拉莫斯的女性仿生人兵器部門，所以就用這臺機械文文去學校上學，然後自己在這邊上班的啦。」

哎呀~……真是傷腦筋，我都快跟不上狀況啦。平賀同學果然是活在未來呢。

「話說，剛才這些傢伙的腳步聲……」

GⅢ如此說著，忽然把橘紅色頭髮的加勒艾露輕輕公主抱起來——明明剛才那樣虧我，你自己還不是想對機器人少女做色色的事情！就在我打算這樣全力吐槽的時候……我從動作理解他這麼做的用意了。

加勒艾露看起來很輕啊。

「果然，重量跟普通人沒兩樣。老哥你也抱抱看。」

GⅢ打算把即使被抱起來也一點都不害臊或開心的女僕加勒艾露遞到我懷中，於是我趕緊說著「不用，我看了就知道」並拒絕接收，同時難掩心中的驚訝。仔細一看，另外兩臺也感覺很輕。明明在東京的LOO是身高一三八公分卻重達兩百公斤，跟金天去公園玩溜滑梯的時候還讓溜滑梯軋軋作響地說。

「那是靠人工肌肉跟軟性致動器進行輕型化改造的啦。即使外觀上一樣，不過內部構造跟尖端科學研究所提供的初期型完全不同。以後民生版還會按照要求內容，連生理現象都完全重現的啦。」

「Oh, my God……」

聽到平賀同學的說明，GⅢ只是感到驚訝而已。不過……

我倒是感到有些毛骨悚然。意思是說在這裡的露吉恩她們，將來有一天會有後繼版本被量產、販售嗎？就像從前的美國對待黑人那樣，當成一種商品。然後將這些商品組成軍隊使用的戰術，也是古代人類對自己征服的部落人民幹過的事情。雖然很明顯有市場需求，但這樣一來都搞不清楚人類究竟是在進化還是在退化了──

（……）

如此一想……現在眼前這光景頓時讓我覺得，與企圖讓文明倒退的N朝著完全相反的方向、促使人類文明不斷往前進的力量，或許並不一定就是好的。

──某種迷惘──

雖然還很渺小，但總覺得在我心中萌生了。

但是我很快就把那想法揮散。就算曾經跟尼莫在無人島上發生過很多事，就算現在跟茉斬處於合作關係，要是產生像在認同N的思考可是很危險的。如果在那樣根源的部分發生動搖，甚至可能會危及性命。就算姑且先不說N怎樣，我現在跟FBI也是站在敵對立場啊。

──我必須先踏穩自己的立場才行。

於是我甩甩頭後，重新轉向平賀同學……

「那麼我們就暫時留在這邊打擾了。另外在這段期間，我想拜託妳幫我和GⅢ維修一下武裝。」

我把滑軌夾克脫下來，交給平賀同學。平賀同學瞧了一下夾克內側後……

「──哦哦哦哦！這個好厲害的啦！是誰製作的啦？」

她馬上逼近我面前如此詢問，於是──

「裝甲部分是一個叫安格斯的人製造，然後內部機關是在義大利一名叫貝瑞塔的女孩子做的。雖然因為我在亞利桑那州瘋狂開槍過，所以現在是幾乎接近缺彈的狀態，不過總裝彈數其實有一千多發。」

我把這些情報全都告訴她了。

結果平賀同學非常開心地說著「文文立刻拿去修理的啦～！」並衝下從入口大廳往樓下的階梯。看來她的工作室是在地下，這方面的習性跟貝瑞塔很像啊。

我們跟在後面走下階梯……發現這裡的地下室不同於乾淨整齊的一樓居住區，而是有大量工具材料雜亂堆放，有如把平賀同學在東京武偵高中裝備科的自己房間原封不動地搬過來似的空間。

「那麼以後文文就在這裡的啦。如果離線的時候就用電話聯絡的啦。」

平賀同學如此說完後，就把一條ＬＡＮ網路線接到機械文文那短馬尾的根部——將我的夾克放到工作檯上，雙手操縱著好幾隻機械手臂開始拆解作業了。做的事情是很厲害啦……不過平賀同學表現得非常開心，讓畫面看起來就像是學兒童益智節目的內容在自己製作玩具的小女孩一樣。雖然平賀同學感覺就像活在那個延長線上就是了啦。

「反正到頭來一定又是我要付錢，我就先問清楚。維修費用跟寄宿費用是分開算對吧？如果要用現金以外的方式付款，我已經沒東西可以拿出來囉？」

GⅢ踩著我的腳對平賀同學如此說道後……

「既然這樣——你們住在這裡的這段期間就跟露吉恩、加勒艾露還有蕾東達一起生活，看著她們的行動，然後教教她們人類日常生活中的各種知識吧。這些孩子的ＡＩ因為是戰鬥用ＡＩ為基礎，關於其他人類生活上的知識相當缺乏，需要進行學習的啦。」

平賀同學提出某種靠幫忙代替付錢的委託，接著就立刻埋頭工作起來。

要是在這裡打擾到她也不好，於是我們回到一樓……圍著一張矮桌坐到客廳的沙發上。結果穿女僕裝的露吉恩這時走過來問我們「語言，要講日文，還是講英文？」，畢竟這裡還有風魔，所以我回了一句「講日文吧」。

「——看來總算可以在這裡鬆一口氣啦。老哥的人脈竟然真的能幫上忙，這可是千年難得一次的奇蹟啊。」

「你這混帳……話說回來，我們還必須補充彈藥啊。現在有ＦＢＩ在監視，就用郵購的吧？」

聽到我們這段對話後……

「剛好現在、蕾東達、要出去買你們的糧食。就順便、買彈藥回來。告訴蕾東達，彈藥種類跟需要數量。」

黃綠頭髮貓耳朵的蕾東達忽然從一旁對我們如此說道，手上還提著一個大竹籃。

哦哦，畢竟這些機器人不吃東西，平賀同學也只有在另一頭的平賀同學需要吃東西，所以現在這個家裡沒有儲備糧食啊。

「既然這樣……就恭敬不如從命了。我需要９ｍｍ魯格彈八百發。GⅢ買點四五ACP彈一百發左右就夠了吧？另外也幫我買外傷藥回來。在這邊的商品名稱叫Bactine跟Neosporin。」

我如此下完訂單後，蕾東達丟下一句「等我三十分鐘」就穿著女僕裝走出家門了。雖然美國是個自由國度，路上可以看到穿著各種服裝的人，但是穿女僕裝在外面走動沒問題嗎？算了，也罷。反正那服裝以一般觀點來說很可愛，而美國也自稱是個正義的國家，然後理子說過可愛就是正義啊。

雷東達不多不少剛好三十分鐘回來後，原本站在一旁讓充滿機械感的兔耳朵與狐狸耳朵一閃一閃發光的另外兩臺少女機器人就走進了廚房。

「……是要去煮飯嗎？」

「大概是吧。既然是機械，我想她們手藝應該會像出名料理店的廚師一樣厲害。」

就在風魔與GⅢ如此交談的時候……採買回來的蕾東達把食材放到廚房後，接著走到客廳「砰！」一聲把籃子粗魯地放到矮桌上。

「子彈跟藥品。」

看來她姑且是會買東西的樣子，然而一如平賀同學所說，日常動作相當隨便啊。就算身上穿著女僕裝，那樣的表現可沒資格當女僕喔？真想叫麗莎過來教育她一番。

另外，蕾東達似乎並未學習過關於治療人類傷口之類的知識。不過這也是當然的，畢竟在利用這些傢伙打仗的戰場上，同伴之間需要的不是『治療』而是『修理』嘛。

因此在貓耳女僕的注視下，我們自己幫自己治療，讓畫面看起來超詭異。未來世界還距離很遠呢。

「痛痛痛……GⅢ，很痛啊。」

「吵死了。」

「比起外傷，跌打傷比較嚴重是也。尤其是肩膀腫脹已經是重傷等級。還是請醫生診斷會比較……」

就這樣，三個外行人笨手笨腳地治療著傷勢最嚴重的我。就在這時……

「嗚～……嗚～……」

「嗚～……努～……」

從廚房傳來奇怪的聲音啊。是露吉恩跟加勒艾露。

「……那是什麼聲音？話說最根本的問題是，妳們會做菜嗎？」

我如此詢問蕾東達，結果……

「不用擔心。食譜，剛才，下載了。」

緊接在她這句回答之後，從廚房忽然傳出「磅！」一聲巨大的聲響。

「What——那、那是什麼聲音？」

「聽起來……很像是菜刀用力剁在砧板上的聲音。以前在男生宿舍的我房間，白雪一邊做菜一邊威嚇亞莉亞的時候經常會發出那種聲音，所以我知道。」

「雖然我很同情老哥在東京的生活啦，可是為什麼現在會發出那種聲音？」

「不知道。我們去看看狀況吧，畢竟這就是武裝的維修費。風魔妳也過來。」

「遵命。」

於是我們結束對我的治療，三個人膽顫心驚地進入廚房……

在廚房中可以看到玉米、包裝上貼有 Maruichi 日本食材店標籤的味噌、微波白飯以及去皮的火雞。她們到底打算要做什麼？

而那隻去皮的火雞擺在砧板上……

「為什麼、不會、變成丸子？」

橘紅色頭髮狐狸耳朵的加勒艾露——「磅！」一聲用力剁了下去。

「呃、喂，妳在做什麼啦？」

「我做、肉丸子。為什麼、做不出來？到底為什麼？」

聽到我出聲詢問，加勒艾露卻瞥眼朝我瞪來。而且手上還握著菜刀，超恐怖的！

「加勒艾露大人，如果想要用那隻雞做肉丸子，首先……」

風魔親切地打算上前指導，可是獨立心很強的加勒艾露卻不理會她……

「為什麼！為什麼！不要因為會飛、就這麼囂張！加勒艾露只要有飛行裝備、一樣可以飛！肉！肉！雞！肉！雞！」

磅！磅！磅！磅！她只有右手不斷上下揮動，繼續嘗試把雞肉剁成絞肉。危險！

超危險啊！畢竟她的人工智能是以戰鬥ＡＩ為基礎，所以非常粗暴。原來如此，教育她們的工作確實足夠當成武裝的維修費用啊……！

這時從一旁傳來「叮」的聲響，於是我轉頭看到水藍色頭髮兔耳朵的露吉恩從微波爐中拿出了加熱過的微波白飯。畢竟只是用微波爐加熱而已，這點程度她們當然會做吧。然而就在我這麼想的時候——露吉恩忽然「沙」一聲把圍裙脫掉，而且把上衣的釦子一個個解開……！

「拜託妳們先把動不動就脫衣服的怪癖改掉好嗎！為什麼在煮飯的時候要脫衣服！」

「你們三個人、其中兩人、日本人。要做日本料理。」

有回答跟沒回答一樣的露吉恩變成上半身只有穿充滿女孩風格的荷葉邊內衣，下半身則是保留女僕裝裙子的奇異打扮——直接用手挖起熱呼呼的白飯。

「請問是要做女體盛嗎？」

「哪來的白痴會用白飯做女體盛啦！哇啊啊啊露吉恩住手！為什麼妳打算用腋下捏飯糰！」

「剛才、露吉恩查過飯糰的照片。把白飯、做成三角形。露吉恩的的身體，可以把白飯做成那個大小的三角形、的部位就是這裡。」

「給我！用手！捏！」

我從背後架住準備把右手的白飯拿到左邊腋下的露吉恩想制止她，可是——

「——不要礙事。露吉恩，我來幫妳。」

蕾東達「咻——！」一聲把黑胡椒罐丟了過來！我的頭驚險閃過，接著便傳來「磅——！」一聲有如霰彈塊擊中似的聲音，牆上的瓷磚有一部分當場粉碎。要是剛才命中我的頭部，我現在應該已經腦袋分家了吧？

從牆上彈開的罐子把內容物——也就是胡椒像CS毒氣一樣撒到我身上——

「咳咳咳……哈啾！妳們這幾個傢伙……至少給我遵守機器人三大法則啊！」

發飆的我打算對露吉恩使出後背摔，卻被她「嘶啵」一聲逃掉，害我自己一個人仰天倒下，後腦袋敲在地板上。不愧是戰鬥AI，看來她很擅長格鬥戰的樣子。

「——金次！」

加勒艾露「磅！」地用左手搥了一下廚房桌。火雞絞肉大概是被放棄而丟進冷凍櫃了，現在她右手上握著帶皮的玉米。

然後她的脖子「嘰、嘰、嘰」地分段轉向被剛才那聲音嚇到的我，以及奔到我身邊救我的GⅢ……把握在右手的玉米捏爛，讓黃色的液體「滴答、滴答」地落到下面的盤子中。妳那是不是故意在做引誘人類恐懼心理的動作啊？雖然我想那應該也是戰鬥AI搞的鬼啦。

加勒艾露接著……

「交給我們。」

雙眼無神地對我露出微笑。超嚇人……！

「老、老哥，我們逃……！讓ＡＩ做料理還太早了。根本是瘋啦。」

因為現場變得有如在廚房內遭到會動的假人襲擊的恐怖電影情節，讓身經百戰的ＧⅢ也忍不住向我呈報撤退建議。可是──

「不許退！要是不好好教育她們，等一下會被平賀同學收錢啊！」

比起生命危險更擔心金錢問題的我倒在地上，下令抗戰到底。

「機械只要敲一敲就能修好是也。請問要不要敲敲她們看看？」

不知何時已經逃到天花板角落，像蜘蛛人一樣貼在上面的風魔對我如此說道。

「這些傢伙的構造應該不是像那種昭和時代的電視機吧……啊嗚……！」

蕾東達這時說著「需要橄欖油」並搬來一個梯子，「喀鏘」一聲架到我頭部左右兩邊。大概是為了打開廚房高處的調味料收納櫃，蕾東達爬上梯子──完全沒有羞恥心，在仰天倒地的我頭上毫不在意地搖曳著她的短裙……

「撤、撤退……！」

這下即使是魔鬼士官的金次也敵不過形狀跟內褲一樣的白色泳裝下半部，於是收回前言，帶著ＧⅢ上等兵與風魔二等兵逃到客廳去了。

軍用機器人們在廚房不斷發出有如戰場般的聲響兩個小時後，料理總算結束……我們帶著恐懼坐到餐桌邊，接著那三臺少女機器人便排成隊形把似乎是今天晚餐的玩意端到我們面前。順道一提，腋下飯糰大概是失敗了，並沒有被端上桌。雖然要是真的端出來，我也會很傷腦筋就是了。

「晚餐是味噌湯，配玉米濃湯嗎……」

「雖然總比沒東西吃來得好啦……」

另外，因為蕾東達完全沒有買任何飲料回來的關係，我們只能分著喝風魔用杯子裝來的水，吃這頓只有液體的晚餐。

然後穿著女僕裝的蕾東達、加勒艾露與露吉恩則是圍在我們周圍……或者應該說只圍在我周圍，目不轉睛地盯著我用餐。

「妳們搞什麼？為什麼要看著我，這樣我靜不下來啊。」

「觀察。讓我們收集、生活的樣本資料。」

「居然把我當樣本……話說為什麼只看我啦？去去去。」

「因為老哥反應豐富，所以觀察起來比較有趣吧？老哥被她們喜歡上啦。」

「畢竟師父跟機器人一樣是不死之身，或許是被誤認為父親是也。」

「什麼父親。啊～……風魔，明天開始妳教教這些傢伙做菜，教妳會做的東西就可以了。要是以後每餐都吃這樣，能治好的傷都治不好啦。」

「在下遵命。」

一如GⅢ在東京說過的……還好我們這次姑且帶了個女人來啊。畢竟我在料理方面跟露吉恩她們是半斤八兩，GⅢ看起來應該也不會做菜。

就這樣，當我喝著摻有玉米鬚與葉子的玉米濃湯時……呃、怎麼回事？好臭！眼睛也好痛！是毒氣嗎！難道玉米也能製造成毒氣嗎！

ＧⅢ與風魔似乎也察覺到這股刺激性的臭味，我們三個人趕緊環顧周圍——發現露吉恩她們不知何時已經離開我身邊，拿著像嬰兒奶瓶的瓶子「咕嚕咕嚕」喝著東西。這臭味的來源就是那玩意，而這個揮發性的氣味聞起來——是重油啊。妳們明明是那樣高性能的機器人，卻跟發電機喝一樣的東西嗎？嗚哇，好臭！讓人都沒食慾啦！

如此這般，華盛頓ＤＣ的太陽下山……ＡＩ幼稚園老師的今日工作也到此結束。反正我吃完晚餐後，剩下就是洗澡睡覺啦。

於是我穿過在客廳看ＣＮＮ的ＧⅢ與正在清掃火繩槍槍管的風魔旁邊……走向浴室。

在這棟房間很多的房子中稍微迷了一點路才發現的浴室，裡面貼有橄欖綠色的瓷磚。明明房子這麼大間，浴室空間卻很窄，而且還跟洗衣機和洗手臺設置在一起。

（哎呀，畢竟歐美人不太重視入浴時間……這也是沒辦法的事情。）

不過這裡再怎麼說，都是裝備科的平賀同學住的家，在防止淋浴時水花飛濺的玻璃隔板另一側——有好好迎合日本人的習慣設置一個深度較深的浴缸。雖然平賀同學似乎只有留美初期住在這裡，所以看起來最近都沒被使用過就是了。

我不禁「平賀同學幹得好！」地獨自一個人豎起大拇指後，把穿了四十個小時的衣服全部丟進洗衣籃，然後轉身朝向浴缸——

「嗚喔！」

在全身脫光的我眼前，露吉恩、蕾東達與加勒艾露三臺機器人竟然站在浴缸裡。水藍色雙馬尾＋兔耳朵，黃綠色長髮＋貓耳朵，橘紅色中短髮＋狐狸耳朵，看起來就像什麼巨大插花作品一樣。而且身上還穿著女僕裝。

用蕾姬般缺乏神情的眼睛觀察著我的那三臺機器人接著……

「教我們」「這房間的」「使用方式。」

把一句話分成右、中、左說出來後，竟然準備脫起她們身上的女僕裝！就在慌慌張張只把四角內褲重新穿上的我面前。

畢竟露吉恩她們是平賀同學到洛斯阿拉莫斯工作之後才到這個家來的，沒看過誰使用這間浴室，所以才跑來看的。這些AI還真用功啊……！

「妳們根本沒必要吧！又不會流汗什麼的！」

在我這麼說的時候，她們已經把裝飾荷葉邊的女僕裝裙子與上衣都脫下來丟進洗衣籃了。那是在模仿我的行為，也就是說……噫……！

然而就在這時——在美國似乎也有的神明拯救了我。那三個AI少女們……雖然脫到只剩下充滿女孩風格的內衣褲，但並沒有繼續脫下去。應該是因為我現在只穿一條內褲，所以配合我的。

話雖如此，可是那包覆少女圓潤胸部與腰部的內衣褲完全是人類用的東西。三臺都穿同樣一套，帶有花朵紋路裝飾的可愛全罩杯胸罩與內褲，矽膠皮膚隱約從白色蕾絲布料下透出來。那種內衣很不好啊！

「──GⅢ～！過來浴室！跟我一起洗！」

金次士官忍不住請求救援。這是我在學園島的低素質公寓發明出來、藉由配置老弟使浴室客滿而把女人都擠出去的必勝戰術。可是……

「……為、為什麼啦……？」

面對動不動就想一起洗澡的老哥，老弟只有從客廳用感覺有點怕的聲音如此回應而已。救、救援不來……！那麼這次也撤退吧！

於是只穿一條內褲的我在浴缸前準備轉身逃跑的時候──啪！跟在東京的LOO一樣胸部平坦、小肚子微凸的露吉恩抓住了我的手臂。握力好強！簡直是虎鉗等級！

「痛痛痛痛痛！喂！骨頭、骨頭在軋軋作響了啦！快放手！」

雖然我如此大呼小叫，但露吉恩原本是軍用的殺人機器人，因此沒有手下留情的迴路。

「教我們、這個房間的使用方法。」

蕾東達也抱住我另一邊手臂，把我拖回浴缸旁邊。同時，嘩啦啦……加勒艾露開始為浴缸裝熱水了。畢竟浴缸就是個具有防水性的桶子，然後一旁又裝有可以把熱水裝進裡面的水龍頭，所以AI判斷應該是這麼使用的吧。

「這、這裡不是像這樣好幾個人擠在裡面的地方！是一個人使用的場所啦……！」

「剛才、金次叫了GⅢ。一個人使用的發言與此矛盾。」

「這裡有肥皂。是清洗身體的地方嗎？」

露吉恩和蕾東達拿起洗髮精與肥皂的同時——「啪沙！」一聲把我拖進開始裝熱水的浴缸中。有如在浴缸邊緣滑倒的我，一屁股跌坐在裡面。周圍都是外觀跟人類一模一樣的機器人少女們，又是肚臍又是內褲的一片花園。而相當於花朵莖部的——粗細平衡恰到好處的六條美腿三百六十度圍繞在我頭部周圍。因為她們腿部貼到我頭上讓我發現，她們確實擁有像人類的體溫。另外，明明這些傢伙的嘴巴會散發出燈油臭味，身體卻帶有像牛奶一樣甘甜的女孩氣味。雖然我想那應該是人工製造出來的氣味啦。

（冷靜下來、冷靜下來啊金次……她們不是人類！是機器人。就跟原子小金剛或哆啦A夢是一樣的……！）

即使我拚命如此提醒自己，但這些傢伙的外觀既不是原子小金剛也不是哆啦A夢，所以一點也沒說服力。真要說起來，比較接近以前理子用膠帶固定我的眼皮逼我把全套動畫看完的 To Heart 或是機械女神J或是 Chobits 啊。就在我這麼想的時候，糟了——爆發血壓的指數跟著浴缸的水位一起不斷上升啦。

話說，我越是告訴自己她們不是人類——雖然這種事情我絕對無法贊同，但「對這三臺機器人不論做出什麼行為都不會被責備，也不需要負擔任何責任」的法學性事實就越加沉重地壓到我身上。一方面就是基於這樣的理由，我剛才回想起來的那些動畫中登場的女孩型機器人才會被描繪成男人的夢想之一啊。

就在這座科學力量創造出來的妖精之泉中——

——撲通……！來、來啦！爆發血流！

我必須想辦法讓血流縮回去才行！可是因為我現在下半身泡在熱水中，讓血液運行變得相當通暢。首先切換為口部呼吸，遮斷嗅覺！防止這些傢伙的肌膚與內褲兩邊散發出來的女孩氣味入侵鼻腔……但是如夢境般緊緊圍繞在我頭部周圍蠢動的六隻腳，讓我的視覺無處可逃——

（……對了！）

就算三百六十度都被蘿莉腳腳的鐵籠圍繞，那腳也是垂直往下伸的。

換句話說，那些腳並不會伸到我正下方與我自己身體重疊的這塊空間。換言之，視覺的活路就在正下方！於是聰明的我就擺出盤坐的姿勢，把臉垂向下方。背也彎下來讓我眼睛朝向可以看到自己肚臍的角度，雙手也像印度的瑜伽修行人一樣收到腹部前面。這是為了不要讓手不小心觸碰到那六條白皙的腿部，以及在我周圍晃來晃去的三個小屁屁。

然而，隨著「嘩啦……」的水聲，我察覺到一件事——

（嗚哇……！）

水、水位的上升速度……好快……！

熱水已經裝到我肚臍的高度了。這是因為現在有四個人擠在狹小的浴缸中，把水推開的體積很大的緣故。阿基米德的原理啊。呃，好像不對。

「嗚……嗚嗚……！」

水面一公分又一公分地逼近我朝著正下方的臉，可是我要是把臉抬起來又是一片夢幻國度在眼前。就在我讓腦袋全速運轉，思考下一個手段的時候——

「沒有地方坐。」「這樣嗎？」「這樣吧。」

啪沙、啪沙！露吉恩、蕾東達與加勒艾露們竟然同時用小女孩蹲的姿勢蹲下來，把穿著女孩風格內褲的屁屁浸到熱水裡了！

浴缸水位瞬間上升，把我的臉淹到水面下。可是如果我因此把臉抬起來，這次等著我的是胸部大人的胸罩們，還有漂亮的臉蛋們圍繞我頭部對吧？誰要把頭抬起來……！我必須維持把臉浸在水裡的狀態，思考如何從這座美少女水牢中脫困才行。我沒有必要去思考持續把臉浸在泡有三名女孩子下半身的水中在衛生上有沒有問題之類的事情，反正這些傢伙是機器人。啊，可是在東京的LOO有時候也會跑進廁所，那只是在模仿人類的行為嗎？其實我真的搞不懂她進廁所到底在幹什麼。

「——噗哈！」

對，我根本沒辦法憋氣那麼久！人類要是不呼吸就會死掉的！我就曾經因為這樣差點丟了性命啊！

另外，白色的布料浸在水裡就會透色。這是初代LOO在羅馬的競技場遭到尼莫水淹攻擊時就觀察到的事實。而且當時的LOO也讓我知道她身體的細節部分都製造得跟真人女孩子完全一樣。那麼身為她妹妹機的這三臺機器人把穿著白色內褲的下半身泡在水中，就是有三顆爆發水雷的意思。因此金次號潛水艇只能被迫把臉浮上水面啦。

像剛才雖然因為在水中所以看得比較模糊，但蹲在我正面的露吉恩就讓我看到了她大腿與大腿之間的部位，因此我慌慌張張把視線逃向右邊，卻看到蕾東達的大腿根部，逃向左邊又是加勒艾露，視線根本無處可逃。因此本艦只能被迫上浮，接下來將進行視覺的水上砲擊戰。所有人員做好覺悟！

「……嗚……！」

雖然已經做好覺悟，但水面上的情景果然嘆為觀止。一半浸在水中而有些透色的內衣包覆的六顆美乳水雷圍繞在我頭部周圍。不管水底還是水面都到處是水雷啊！本艦真的有辦法從這片戰場中平安生還嗎？我雖然曾經從金女・金天妹妹二對一的浴室海戰中成功生還，但運氣並不是隨時都跟著我。在露吉恩、蕾東達與加勒艾露三對一的這場海戰中，我搞不好無法活著回去了。保險起見，在此先留下我的辭世詩──讓無趣之世變得有趣，活得不自在還請見諒（註1）。

「要洗身體嗎？」「教我們怎麼洗。」「教我們……」

她們拿著肥皂在我耳邊如此請求的聲音又聽起來很可愛。萬一現在讓這些ＡＩ們察覺「洗身體＝連內衣褲也要脫掉」這點就完蛋了，搞不好我的內褲跟她們的內衣褲

註1　前半段為幕末長州藩士高杉晉作的辭世遺詩，後半段為女詩人野村望東尼添筆詩句的改編。

都會被當場剝掉，讓我跟三臺美少女機器人轟轟烈烈搞一場，成為領先時代的未來男人啦。

就在我如此擔心的時候，把肥皂用水沾溼並拿向我的加勒艾露就……

「肥皂是、要擦在身體表面嗎？如果是這樣、內衣褲礙事。」

哇啊啊她注意到啦！然後還看向自己的內衣！AI的學習速度也太快了！

「誰、誰來──救我……！」

難以抵抗的血流之門即將被打開，我在別人家的浴室準備爆發五秒前的時候──

「──在下來也。」

姑且不問為什麼聲音會從頭頂上傳來，不過救援來啦！

「風魔嗎！」

我轉頭往上看……呀哇！風魔用青蛙一樣的姿勢蹲在浴缸旁邊的玻璃隔板上！雖然能夠蹲在那麼不穩的地方確實很厲害，可是她身上的穿著──下半身從緊身短褲換成了兜襠，上半身則是比最先進的這三臺機器人還要走在時代前端，光溜溜啊……！

明明是來救援的卻沒有達到救援效果是也！

「妳妳妳妳、為為為什麼穿成那樣跑來啦！」

不過跟女性機器人不同而帶有羞恥心的風魔──有用左手臂遮住她雙峰的前端部分。我這下體認到身為人的「心」真的很重要。

「呃，因為師父剛才叫弟君過來，在下以為是師父因為受傷的關係，洗澡時需要有人幫忙……」

「這種程度的傷勢我每個月都會經歷，已經習慣了啦！現在重要的是把這三臺機器人趕出去！」

「遵、遵命——」

——啪唰！輕飄飄跳下來的風魔進到浴缸中。為什麼啦！

在狹窄的浴缸內，我與只圍一條兜襠布的風魔以及身穿溼內衣的三臺美少女機器人互相擠來擠去。這絕對會讓我留下甚至會做惡夢的恐懼症啊……！

面對抱在我身上的三臺機器人，風魔語氣溫柔地——

「露吉恩大人、蕾東達大人、加勒艾露大人，請各位乖乖坐下。各位在外觀上是呈現女性姿態，而師父很討厭女性。因此請各位快快離去是也。」

「風魔也是女的。」

「在下比較特別是也。來來來，請快離開吧。說到底，各位根本不需要洗澡不是嗎？」

在風魔這番邏輯性的說服下——

露吉恩她們大概也覺得擠在浴缸裡很難受的關係，一起點頭了。接著便「嘩唰、啪沙」地當著我的面陸續把穿著溼透內褲的下半身浮出水面，害我看到一段嚇人的情景後……「啪、啪」地光著腳丫走出了浴室。

「……」

「……」

事情到這邊都還算好，可是……

風魔她竟然沒有跟著出去。雖然她依舊用手遮著胸部是沒什麼問題……呃不，問題還是很大。不過……她就這樣正對著我跪在浴缸裡，大概是因為泡熱水的關係讓臉頰變得泛紅，並抬起眼珠看著我。是希望我誇獎她嗎？

「……謝、謝謝妳，讓我得救了。AI幼稚園的老師也不好當啊，我覺得妳反而比較適任。畢竟我面對外觀呈現異性的存在就怎麼也無法擺出強硬的態度。」

「她們是軍用人偶，或許那也是目的之一是也。」

說得也對。

那個少女型的外觀設計，其實隱藏有軍事方面的意義。現實中，在戰場上的士兵多半都是男性。而能夠讓那些男性在本能上猶豫該不該殺害的存在……就是女孩子。即便是沒血沒淚的男人，面對那樣對手或多或少還是會表現出猶豫是否該攻擊的反應。而那樣的「猶豫」即使只有短短一瞬間，在戰場上都會相當致命。可能就因為那樣小小的破綻害自己丟了性命。所以露吉恩她們才會故意被設計成少女型外觀的吧。

我如此思考著認真的事情，等待風魔起身離開。可是她卻動也不動呢。

「呃～然後、那個……危機已經過去，為什麼妳還留在這裡……？」

「在下想說、要幫忙師父洗澡。」

「那種事情我一個人就能做啦。」

我雖然如此明確告訴她，可是以往都很聽話的風魔——這次卻一直抬著眼珠看向我，沒有離開。即使她因為天然呆的腦袋而違反我命令是常有的事情，但是像現在這樣故意不聽從我命令的行為倒是頭一遭。就在我不禁感到奇怪的時候……

「……那個、在下……自從來到這個國家後，都沒有幫上師父什麼忙……」

風魔把頭低下去，如此呢喃。

所以她才會想在我洗澡時幫我的忙啊。可是既然這樣，為什麼要光著上半身來啦？如果她是穿蛙人部隊潛水衣之類的打扮，我至少也會讓她幫忙刷個背之類地說。

……話說回來，原來風魔本人其實也很在意自己都沒幫上忙的事情啊……

我後來好不容易才說服風魔離開浴室，總算能鬆一口氣好好泡澡的時候——明明剛才叫都不來的GⅢ來了。也太慢啦。

「老哥，你對陽菜做了什麼事？她剛剛包著浴巾在哭啊。老哥要惹女人哭也節制一點吧。」

聽到他這麼說，我便回了一句「我向上天發誓我什麼都沒做」並站起身子。

不過我聽過一種說法，我自己是不太能理解啦……據說在男女交流中，有時候男方『什麼都沒做』反而會傷害到女方什麼的。似乎那樣會讓女方覺得寂寞、丟臉的樣子……

其實像剛才那樣想法上的不一致，我和風魔在戰兄妹時代好像就發生過幾次。當時的我認為戰兄如果對戰妹有過多的身體接觸，哪怕只是碰到一根手指都可能構成性騷擾——基於那樣的規則，理所當然地與風魔保持距離。

然而現在……明明彼此已經不是戰兄妹卻依然跟過去一樣的我……頓時明白以前那樣的想法只不過是在為自己找藉口而已。

（……原諒我，風魔。對我來說，那種事情，我辦不到啊……）

因為就算妳無論在任何事情上都對我忠心耿耿，什麼話都聽——妳也不是什麼機器人，而是活生生的女性。要是在類似剛才那樣的情境中我進入爆發模式，我搞不好會對仰慕我為師的妳都做出很過分的事情。所以抱歉，原諒我吧——

而那個風魔大概是不想讓我看到自己沮喪失落的樣子，在客廳看不到她的影子。其他房間也感受不到她的氣息，或許是打算今晚躲在什麼地方睡覺吧。在窗外，從馬路另一頭的公園可以聽到美國似乎也存在的露螽類昆蟲鳴叫的聲音。

就在身上只穿短T與四角內褲的我心情低落地治療著自己傷口的時候……

「金次。」「接下來要做什麼？」「告訴我們。」

蠢蛋ＡＩ妹三人組穿著她們基本服裝的白色泳衣現身了。

「——晚上要睡覺！這就是人類！」

被我有點像在出氣似地大吼一聲後，露吉恩她們一起點點頭，鑽進客廳那幾臺膠囊中，擺出蹲坐的姿勢閉上了眼睛。膠囊上面亮起橘色的燈光，大概就是代表充電中的意思吧。

我看著那情景不禁嘆氣的時候……

「——就算是露吉恩她們也是需要充電。我們也快去睡吧，老哥。」

洗澡很快的GⅢ只穿著一條內褲現身了。

「……說得也是。我們已經四十個小時以上沒有好好睡覺了。」

「陽菜在哪？有讓她好好躺下來睡嗎？」

「她習慣在暗處坐著睡覺。聽說是為了可以隨時對應襲擊的樣子。」

「真不愧是忍者。老哥也見賢思齊一下吧。」

「你為什麼會懂這種成語啦……」

我和GⅢ如此交談並走進臥室看到……畢竟平賀同學以前是自己一個人住在這裡，所以臥室裡也只有一張床而已。而且還是小孩用的尺寸，因此我們只能背貼著背，把腳彎起來……「難得到華盛頓DC來了，我原本還想去逛逛博物館的啊。像航太博物館之類的。」「下次再來不就好了？話說老哥你再離遠一點行不行？很噁心耶。」「我才想那樣說啦。」地抱怨著……

但畢竟我們也很久沒有像這樣好好躺下來，於是很快就進入了夢鄉。

「——嘰喳喳是也！」

被風魔鬧鐘在耳邊如此大叫……

「麻雀才不會叫得那麼大聲好嗎……！」

我忍不住摀著耳朵，露出極為不滿的表情。不過內心其實對於風魔過了一晚就能切換心境的強韌精神不禁鬆了一口氣。另外因為我做了一場被露吉恩她們在浴室清洗身體的新鮮惡夢，所以也要感謝風魔把我從夢中救了出來呢。

「那是因為在下模仿真的鳥叫聲、師父也沒醒來的關係。還有師父在講夢話時叫著露吉恩大人的名字也讓在下有點不開心是也。」

像這樣說著一部分莫名其妙發言的風魔……身上穿的是跟昨天露吉恩她們一樣的女僕裝。為什麼？

「……那衣服是怎麼回事？」

「在下得到平賀大人許可，借穿了收在衣櫃中的衣服是也。為了擔任露吉恩大人她們的教育人員，在下認為這樣可以比較有親近感。」

……風魔對於擔任ＡＩ幼稚園保母的工作倒是很積極嘛。或許這也是因為她對於自己在美國沒有活躍表現的事情感到在意的緣故吧。因此……

「親近感嗎……我是不曉得那幾個傢伙有沒有那樣的心理，不過教育工作就交給妳吧。我想要專心養傷，不好意思就麻煩妳啦。雖然說『專心』也只是在休息而已就是了。」

一方面也為了補償昨天害她哭的事情，我決定把這工作就交給她了。結果……

「請不用在意，師父能夠好好休息，在下也感到萬幸是也。」

風魔凜然中帶有無邪的臉蛋頓時露出開心的表情。如果套用理子愛玩的遊戲風格講法，就是我似乎選擇了正確的選項。

因為「女僕裝」這個共通點讓我注意到，風魔雖然傾向上不太相同，但其實也是屬於「麗莎系女子」。跟白雪一樣，是不管什麼事情上只要能為我做出貢獻就會感到開心的個性。看來忍者、女僕與跟蹤狂之間是存在共通性的。另外，那類女生只要被誇獎就會非常開心，於是……

「那套衣服，妳穿起來很好看喔。好啦，我也該換衣服了。」

我一邊對風魔穿起來意外適合的女僕裝直截了當地誇獎一下，一邊換上風魔幫我洗好並折好放在一邊的衣服。

「……很、很好看嗎？在下一直以為自己不適合穿西洋衣服是也。」

風魔「嘿嘿嘿」地……露出愉快的表情。雖然我搞不太懂，但我誇獎她的女僕裝似乎讓她感到最開心的樣子。這麼說來在我的統計上，女人有衣服被誇獎就會感到開心的傾向。為了在今後的人生中能更有效率地被女性討厭，我還是不要隨便開口稱讚好了。

透過窗戶可以看到在屋子後面的中庭……穿著女僕裝的露吉恩她們正配合風魔的手機播放出的聲音，做著大概是風魔教她們的健康操。然而風魔似乎還沒教她們第二部分的動作，結果她們從途中忽然肩搭肩跳起直排舞啦。

本來應該是人類才需要做健身操的——彷彿在主張這點的GⅢ則是在客廳單指倒立伏地挺身並且「老哥也起得太晚啦。The early bird catches the worm（早起的鳥兒有蟲吃）。老哥也來健身吧。」地念了我一句。我現在肩膀還隱隱作痛，哪能像你那樣做啦。雖然就算不痛我也辦不到就是了。

這天為了療養傷勢，我過得非常安分。雖然心情上很著急，但也無能為力。目前我的身體狀況最少也要休息一個禮拜才有辦法再戰鬥吧。為了不要讓風魔跟GⅢ擔心，我還偷偷躲到廁所吐，有幾次甚至吐出血來了。

因為沒事可做，我把累積下來的讀書進度都完成後，快到黃昏時……我到工作室看了一下。

在地下室，外觀跟平賀同學完全無法分辨的機械文文笑咪咪地轉向我……

「哦～遠山同學。你的夾克跟你弟弟的護具幾乎都維修完成的啦。哎呀～真是讓文文學到好多呢。剩下只要再細部調整一下就行的啦。」

如此說著，把我們兄弟倆變得亮晶晶的裝備秀給我看。

「明明是第一次碰的裝備，居然才一天的時間就修好了，真不愧是平賀同學。不過就算那邊修好了，我這邊還沒治好……不好意思，繼續讓我留在這裡休息一段時間吧。」

就在我指著自己的身體，表情尷尬地如此說道的時候。

——平賀家傳來「嘰、嘰……」的聲響。

「哦？是門鈴的啦。」

「你今天有訪客或收件的預定嗎？」

「嗯～……文文沒印象的啦。」

也就是說，要提高警覺了。

於是我拔出貝瑞塔走上樓——看到表情嚴肅的GⅢ也握著H&K手槍站在玄關大門邊。放著不管就不知道為什麼玩起水桶接力的露吉恩她們，現在也朝著我的方向等待指示。

「……或許是來推銷的。老哥，你開門嗎？」

「不……露吉恩去應門。蕾東達跟加勒艾露躲在從入口看不到的地方待命。」

我也握著貝瑞塔站到門邊——原本就是軍用機器人的蕾東達與加勒艾露也靈巧地散開到玄關左右兩側，擺出戒備動作。不知不覺間鑽到天花板上的風魔也稍微打開天花板的維修口，用手勢信號對我表示『待命中』。

「是誰？」

露吉恩透過對講機如此詢問後——

『——最近有沒有一個眼神凶惡的日本男人來過這裡？還有那個人的弟弟也是。』

質問的內容姑且不說……但這個凜然的女性聲音，我有印象。

於是我看向GⅢ，發現他也愣了一下——接著露出討厭的表情。這下確定啦。

「這聲音，是ZⅡ。」

「呿……原來她回到美國啦。先不說她是怎麼找到這裡的，她可是N的敵人。雖然是隸屬軍隊所以不會是在幫FBI工作，但也許是對老哥想要阻止老爸暗殺尼莫的行動看不順眼吧。」

GⅢ小聲如此說道，不過……我稍微想了一下後……

「那傢伙雖然是蠢蛋人工天才，但不是話說不通的對象。反正我們這邊還有露吉恩她們在，應該不會有問題吧。」

我說著，讓風魔他們解除戒備，並收起手槍走向玄關。

露吉恩打開門鎖後，我與GⅢ跟著她一起走到公用走廊……

「Enable，你果然在這裡。GⅢ也是。還有LOO-GyNe嗎？」

從室外階梯走進屋內的ZⅡ向同樣來自洛斯阿拉莫斯的露吉恩敬禮。我不清楚她是不是把露吉恩當作我們從東京帶來的LOO，不過明明面對一臺機械她也這麼一板一眼啊。

ZⅡ還是老樣子——即使是夏天也穿著長袖外套，從黑色百褶裙底下伸出來的腳穿著白色膝上襪，手上也套著白色手套，看了就覺得熱。外露的皮膚頂多只有呈現白人美少女臉蛋的臉部而已。這是因為ZⅡ是個透過皮膚從空氣中獲得魔力的超能力者，平常為了克制力量所以不讓自己的肌膚外露。這個習慣雖然很好，但她不但眼睛是紅色，把黑髮綁成雙馬尾的紅色緞帶也直立起來像犄角一樣，乍看之下會讓人以為是某位雙槍女孩，對心臟很不好。是個優點與缺點互相抵銷的女人。

「……妳穿那樣不會熱嗎？」

「我已經習慣了。」

酷酷地如此回應我的ＺⅡ……跟ＧⅢ一見面就有點互相瞪著對方。看來他們之間到現在感情還是不怎麼好的樣子。畢竟就算同樣是人工天才，第一世代跟第二世代之間似乎是彼此競爭的關係。

「──妳是怎麼知道這裡的？我們應該躲藏得很好才對。」

ＧⅢ如此質問後，ＺⅡ回應：

「自從在高尾基地跟羽田機場的事件之後，我受到輕微的禁閉處分，每天都在洛斯阿拉莫斯寫反省文度日。不過這並不代表我對Ｖ大人的事後調查以及對Ｇ系列的監視任務就因此被解除……而我竊取到ＦＢＩ的內部情報說ＧⅢ與其兄跟貝茨姊妹交戰了一場，所以就以此為藉口從禁閉室獲得解放，並根據ＦＢＩ的情報來到華盛頓ＤＣ了。」

也就是說，ＦＢＩ果然也知道我們在華盛頓ＤＣ的事情。

「我要問妳兩件事。第一──妳來做什麼？回答時最好給我小心一點。我想妳應該已經察覺到，我們因為跟貝茨姊妹打了一場，現在正在補給、休養中。但就算如此，我們的戰力還是足夠在妳表演脫衣舞之前就先把妳制伏喔。」

我保險起見確認了一下ＺⅡ是敵是友，結果……

「明明只是個普通人類，別那樣隨便挑釁超能力者行不行？你就是因為那樣，才會在美軍資料中被寫成是『無意義地超越了人類、理論上不可能存在的人類』呀。」

ＺⅡ擺出『真受不了』的手勢這麼回應我。

「那是誰寫的……我絕對要揍他一頓……」

「就是我。」

我立刻朝得意挺胸的ZII揮出一拳，卻被她躲開而撲了個空。

「我是友軍。畢竟貝茨姊妹她們跟第二世代人工天才是生意上的敵人。」

ZII接著對我如此表示。雖然以回答來說不夠完整，但既然不是我們的敵人，第一個問題就到這邊算了吧。畢竟跟女生，尤其是跟美女講話很累人啊。

美國因為文化上尊重自治、自立，導致國內各種組織也都獨立心強烈，經常互相對立。那樣的縱向體制與組織間的不合程度甚至比日本的政府機關還要嚴重。不過這次我們要算是因為美軍跟FBI之間那樣的關係而得救的吧。

「那麼第二個問題，妳是靠什麼方式這麼精密地找出我們的藏身處的？要是那方法FBI同樣辦得到，這地方恐怕也會被他們找到，我們必須快點離開才行了。」

「就是靠這個。」

ZII說著亮到我眼前的……是以前她找出金天躲在我公寓時也用過的那兩根L字形的尋龍棒。

「原來如此……超能力啊。那法術有簡單到FBI裡一堆人會用也不奇怪的程度嗎？」

「Enable，你真的有夠無知。如果要在五英里範圍內以第一等級進行尋人探測術，能夠超越像我這樣準確率百分之九十七的存在，全美也沒幾個人呀。」

哦～……雖然專門用語我是聽不太懂，但ＺⅡ似乎對這招很拿手的樣子。不過她這講法代表也不是完全沒有其他擅長這招的人，這下我該怎麼判斷才好？

就在我交抱手臂如此思考的時候……

「即便像我這樣，通常也需要花上幾個禮拜的時間。不過這次是因為還有另外一位準確率百分之九十九的優秀協助人，才讓我這樣迅速又確實地找到目標的。」

「──協助人？」

我頓時有種不好的預感，而順著ＺⅡ回頭的視線看向大廳中一根柱子……

結果從那柱子後面……帶著害臊笑容的黑長髮大和撫子現身了。雙手握著跟ＺⅡ一樣的尋龍棒──而且讓我感到悲哀的是，那兩根棒子都直指著我的方向。

「──噫……！」

出、出現啦！我的喉嚨忍不住發出尖叫！

這不是我親戚的、對身為親戚的我態度有問題的、星伽白雪小姐嗎！為什麼她會在美國！

「嘿嘿……小金對不起喔。因為我打你手機都打不通……小金、小金……小金～！人家遠渡重洋來見你了～！」

淚眼汪汪的白雪把尋龍棒丟到一旁，用有如昭和時代少女漫畫人物般的女孩跑步動作──讓防彈水手服的裙襬飄呀飄地──朝我奔跑過來。

為重逢感到開心的美少女朝自己奔跑而來的情境──或許正常來講是讓人感到高

興的一幕，但對我來說簡直有如恐怖電影。就好像當人遇上大卡車忽然朝自己衝來時會因為恐懼而僵在原地被撞一樣，我現在也彷彿被下了釘身咒般動彈不得了。

就因為這樣……害我被白雪軟綿綿的身體抱住啦……！

雖然我的大腦試圖逃避現實，說服自己這是假的機器人白雪——可是那對雄偉的雙峰以及手臂的柔軟程度毫無疑問是百分百真人的白雪。果然還是活生生的人比較好啊。不對，一點都不好。而且大概是身為日本男兒的我果然在本能上會想跟身為日本美女的白雪一起留下DNA的關係，噫！爆發性的血流毫無阻礙地開始流動了……！

「我因為知道了Enable不只跟N而已，跟貝茨姊妹也交戰了一場——所以我也做好覺悟，認為差不多該把之前在高尾基地沒告訴你的**某件機密**告訴你才行了。而為了做好萬全的準備，我在實行探測術之前先試著打電話詢問可能知道你下落的人物。結果經由遠山金天——別覺得我失禮，是V大人命令我要這樣叫她的——我與巴斯克維爾小隊的成員們取得了聯絡。然而神崎．H．亞莉亞、峰理子與蕾姬三人卻都不願提供協助，只有這位星伽白雪願意行動。她似乎剛好也跟我一樣想把那件事情告訴你的樣子。」

「三、妳竟然！三、做這種、五、七、多餘的事……十三！」

「為什麼要一邊講話一邊數質數？還有你漏掉十一啦。」

面對交抱手臂的ZII，被白雪有如泰拳的頸部擒抱一樣牢牢抱住的我淚眼汪汪地生氣抗議。我因為和N的茉斬合作的關係，跟亞莉亞她們對立了。然而白雪因為人在京都的伏見大社……這麼說來，玉藻跟猴好像也說過要去那裡的樣子……所以當時不在場啊。

「小金，我是一個人來美國的喔。雖然在機場跟飛機上心裡都好不安，但還是順利過來了喔。這肯定是有什麼力量在幫助我。是什麼呢……？啊！這該不會……是、是愛的力量……？不，肯定沒錯……絕對沒錯！」

白雪在講「該不會」的時候害臊地別開視線泛紅臉頰，講「肯定」的時候瞥眼瞄向我，講到「絕對！」的同時就用力瞪大雙眼正面盯向我，勤奮地在我心中植下恐懼症的種苗。金次村的恐懼症田看來今年也會是大豐收啊。該死！早知道以前就不要在香港跟白雪觀光，讓她累積什麼海外經驗了……！

3彈　強行突破

很大方地讓突然來訪的客人也進到家裡的平賀同學很快又跑回地下工作室……露吉恩她們則是在風魔把手把腳的教導下，好不容易泡了咖啡端出來。

跟我們一起圍在客廳桌旁的ＺⅡ很端莊地雙腳併攏坐在沙發上。同樣是雙馬尾，她跟某位老是盤腿坐的粉紅頭就是不一樣。

「雖然是曾經交戰過的對手，不過我對Enable是很尊敬的。」

她如此說著並送上伴手禮的巧克力蛋糕，於是我一邊抱怨「既然這樣就不要在資料上給我寫什麼奇怪的稱號啊」一邊吃了起來。現場桌上又是咖啡又是蛋糕，氣氛應該很讓人放鬆才對的。可是某位親戚肩貼肩、腿貼腿地坐在我旁邊，害我從剛才就一直處在輕微爆發狀態。

「——原來在這裡是風魔同學在照顧小金的生活起居呀。畢竟小妾同時期最多到兩人，這次我就不計較了。」

「感謝您寬容大量。」

白雪和風魔之間怎麼好像互相理解了什麼我完全無法理解的內容？那是什麼像

「遠足最多只能帶三百元的零嘴喔」的規矩啦……？

大家都知道會對我身邊的女生們進行無差別攻擊的星伽白雪小妹妹，偶爾也會有透過這個「小妾」的神祕機制對特定對象的女生展現出寬容一面的習性。身為戰妹而長久以來跟在我身邊的風魔之所以能生存到現在，很大部分是因為白雪這樣的習性。白雪另外對蕾姬、中空知與麗莎也很寬容，但是對亞莉亞、理子與安達米澤麗則相當沒氣度。為了保障不幸經過我身邊的女生們的安全，我嘗試解讀這分類上的規則……可是完全搞不懂。感覺並不是根據髮型、身高、胸圍尺寸等等外觀的樣子……

我運轉著輕微爆發的腦袋思考這個問題，臉上不禁露出複雜的表情。結果……

「——你似乎在思考我們究竟是來告訴你什麼事情吧？」

端著咖啡杯的ＺⅡ如此說道，因此雖然並非如此，但我還是裝成如她所說地點點頭回應：

「哦、哦哦，是啊。話說妳剛才好像有講過，妳跟白雪是想來告訴我同一件事情？」

「沒錯。不過在講到哪件事情之前……Enable、ＧⅢ還有風魔，我認為要先說明一下關於你們目前試圖要接觸的『魔之領域（Demon's sphere）』。」

魔（Demon）……聽到這個單字的我，腦中立刻閃過貝茨姊妹的身影。從她們身上感受到的濃密魔度。與超能力者讓人感受到的『強弱』不同指標的『濃淡』——

我因此稍微把身體往前探出後，ＺⅡ與白雪眼神相交……輕輕互相點頭。彷彿是某件事情其實最好不要讓非超能力者知道，可是現在已經不得不講出來的氣氛。

「——在這世界上，有你們稱為魔女、超能力者、妖怪或魔物的存在。然而那是少數派，多數派還是像你們這樣普通的人類。而N的目的就是要增加那些特異能力者，並擴散到全世界。」

這段話……我以前在無人島上也聽尼莫說過類似的內容。

尼莫他們想要推翻自己因為身為少數派而遭到歧視的歷史。為了達到這個目的，他們企圖實行大規模的反社會性恐怖行動，使現代文明倒退——回到有如勇者鬥惡龍世界那樣的中世紀水準。根據見解也有人認為那樣的狀況其實已經在進行中，這世界正從標榜國際協調與國家融合的全球主義時代漸漸回到自國第一主義……也就是帝國主義的時代。

「超自然的存在們以世界性規模爆發性增加的現象，其實過去也曾發生過兩次，分別在史前時代以及十二世紀左右。在魔史學上，分別將那兩次稱呼為『第一次接軌』與『第二次接軌』。」

聽到ZII這段話……我與GIII互看一眼……

「十二世紀——以日本來講就是平安時代左右。」

「歐洲正處黑暗時代啊。」

我們互相確認彼此都不知道ZII講的這些事情，並分別說出這樣的感想。

「那正是鬼魅魍魎與陰陽師相關的軼事特別多的時代是也……」

「在那個時代，無論世界各國或日本，像魔法師、惡魔或是妖怪等等的存在都增加得非常多。然而那樣的超自然存在人口爆發只持續一百年左右就結束了。在星伽家也留下當時為了平息那個現象而行動過的紀錄。」

如果只有ZⅡ就算了，但白雪的歷史見解似乎也一致的樣子。

然後——多虧白雪讓我持續處於輕微爆發的狀態，我頓時注意到某件奇妙的事情。那隻狐狸女玉藻……我記得好像是生於建仁二年，也就是十三世紀。德古拉伯爵弗拉德則是生於十五世紀。這兩人的魔度都在四十以上，相當濃。

但魔度並不是時代越早就越濃，據說從太古時代就存在的緋鬼一族只有二十多一點而已。從古羅馬時代就活到現在的古蘭督卡給人的感覺也與其說是魔物還比較接近動物，魔度約三十左右。

如果把我知道的超自然存在他們的魔度與出生時代排列在一起比較……雖然並不是全數一致，不過在據說是超自然存在人口爆發期的十二世紀之後有一群特別濃的團體。相對地，像貞德或白雪這些現代出生的超能力者們的魔度大致都在十以下。

（難道魔度的「濃」與「淡」……是根據從爆發期之後的世代數嗎……？）

我因為白雪軟綿綿的身體以及她是親戚女生所帶來的悖德感，持續輕微爆發的腦袋提出了這樣的假說。畢竟從貞德．達魯克一族或星伽一族來類推，所謂的魔力、超能力應該是具有遺傳性的東西。而魔度四十以上的弗拉德生出來的女兒希爾達就只有二十幾，大約一半啊。

「——至於第一次接軌，就是所謂的神話時代。我上次在高尾基地也說過，神明與魔物們的出現是偶發而持續性的。然而其中也有爆發性出現的時代，就是『接軌（Engage）』期了。」

ZⅡ在高尾基地也說過——

世界各地的神明或魔物傳承，最原始都是來自現實中發生過的事件。而那個現實事件就是指第一次接軌期發生過的事情嗎？另外也可以想到一個假說，就是像孫、緋鬼與古蘭督卡等等的古代種，搞不好就是在那個時期爆發性增加的魔物們留下來的後代。雖然也有可能是偶發性出現的魔物，所以無法斷定這個假說絕對正確就是了。

話說回來……這內容的規模也實在太大了……

GⅢ跟風魔都瞪大著眼睛，默默不講話啦。

不過我其實早就聽過預告性的內容了。在那座無人島上。

尼莫曾說過『這將會大幅顛覆並改寫世界歷史與生物學理論，是人類歷史的一次思角轉向。人類很快就會知道這件事，而且不得不接受這件事。』——原來她講的就是這件事。

「……然後N想要引發第三次的爆發期是嗎？」

我冷靜地確認後……

「八九不離十，就是那樣。伏見大人——玉藻大人認識的稻荷神大人也是感受到第三次接軌的預感而聯絡了日本國內重要的妖怪與巫女們。我也因此到了京都，獲賜小金正一步步與此事扯上關係的神諭……剛好就在這時候我接到ZII小姐的聯絡，於是才趕緊過來的。」

「另外補充一點，『接軌』是可以透過人為引發的現象。雖然第一次的狀況並不清楚，但第二次接軌是由人為引發的說法目前相當受到支持。」

聽完白雪與ZII這些話——很多事情在我腦中串聯在一起了。

金天在高位基地說過的『即將到來的與眾神的戰爭』，原來也是指這個第三次接軌啊。

「妳說人為引發，是要怎麼做？難道路上隨便抓個人就能變成惡魔嗎？還是說像殭屍電影那樣增加數量之類的？」

跟我一樣對超能力方面的事情很生疏的GIII問到這點後……

白雪和ZII都忽然氣勢畏縮。

「……關於這點，我們不太清楚。」

「不過可以推測N的莫里亞蒂應該知道引發接軌的方法。我們第二世代的人工天才雖然也是為了從接軌中保護人類而儲備的戰力……但其實根本連接軌是怎麼被引發的都不知道，完全只能處於被動狀態呀。」

也就是說——目前還不清楚接軌是怎麼被引發，所以也不知道該怎麼阻止的意思嗎？雖然等引發之後能夠來場大戰爭。

到這邊，ZII暫時停下說明……

「……Enable，GⅢ，你們聽到這邊有什麼想法？」

並且如此詢問我們的意見。

我……多少理解她為什麼會如此詢問意見，於是顧慮到她的那份感情，暫時保持沉默。

相對地……

「哪有什麼想法不想法的，要是不阻止N就糟啦。雖然我無法完全想像，但如果在文明倒退的世界上，路西法或巴力西卜率領魔物軍團占領了紐約或巴黎——或是飛龍和巨龍就像鴿子或烏鴉一樣在東京的天空飛來飛去，可是會引起大混亂啊。莫里亞蒂必須抹殺……的話，老哥會發飆，所以必須逮捕起來才行。」

GⅢ則是提出了我們這些普通人類恐怕十個人之中會有九個人主張的『反接軌論』。

今天才忽然聽到這些核心片段的風魔，也露出跟GⅢ抱持同樣意見的表情。

這也是當然的。不管怎麼說，當今世界是由我們普通人類掌控。就算GⅢ描述的事態是否真的會發生的問題先擺到一旁另外再討論，但要是超自然的存在一口氣增加，搞不好就會支配這個世界。而人們對於企圖招致那種未來的N自然會表示拒絕，這就是民主主義。

然而我……或許是因為眼前這兩位超能力者是女性的關係，對於這件事無法單純地說No。

而且連我自己都感到意外地……

「我……漸漸變得不知道是否真的應該阻止N了。」

我竟然把這句話脫口而出了。

對於這點——我自己都有點驚訝。金次啊，你居然要把這句話講出來嗎——

不過這其實是我在那座無人島上跟尼莫相處過之後，一直在我心底深處難以揮散的想法。

乾脆就趁這個機會把想法化為語言吧。一方面也是為了我自己。

「喂，老哥！我是不曉得你跟尼莫到底有過什麼——」

GⅢ立刻有點發飆地朝我瞪來，因此……

「——不是只有尼莫。在這裡的ZⅡ跟白雪真要講起來也是接軌形成的後代啊。或許啦。」

我依據剛才自己的推理如此說道。

結果——ZⅡ和白雪都驚訝地看向我。那表情看起來就像她們本身的認知並不只是『或許』，而是知道自己的超能力毫無疑問是源自接軌期，然後很驚訝會有普通人類理解這點的樣子。

「什麼意思？」

「雖然這只是我的推測——不過我們這些普通的人類應該在接軌期的時候跟基於某種現象大量增加的魔女或妖怪們留下了很多的子孫。那些基因和力量即使被普通人類稀釋，也依然扎根於這個世界。雖然我不清楚是源自第一次、第二次還是偶發，不過像金天還有你的部下九九藻想必也是這樣的後代。讓文明退回過去云云的事情先擺到一邊，既然我們還不清楚所謂的『接軌』究竟是什麼樣的現象……二話不說就拒絕接受搞不好也不是好事。或許在你腦中只會想像到大魔王或怪物之類的存在，但那只是因為你還不太理解超自然的存在們所以感到害怕而已。確實是有身為惡棍的超能力者沒錯，但並不表示超自然力量本身就是不好的。當中也是有很多好傢伙啊。」

我之前在無人島上——曾經對尼莫道過歉。

因為當時的我還跟現在的GⅢ一樣，對超自然的存在感到恐懼。

而被我們這些普通人類害怕，有時甚至遭到歧視的異能存在們則是在歷史上一直隱藏他們的存在或力量。因此也讓我們無法加深對他們的理解，又進一步造成恐懼與對立，進入惡性循環。雖然這或許只是我的樂觀希望，不過第三次的接軌……是不是可以想成讓人類脫離那樣的負面循環、成長進步的機會呢？

「……你想表達的意思我懂了，可是太天真啦，老哥。現在自然與超自然間之所以還沒爆發全面戰爭，就是因為目前這樣的人口比例剛好可以取得平衡。當這個平衡遭到破壞的時候——人類在過去兩次的接軌期都壓制了魔物的存在不是嗎？這應該就是代表數量過多會使共存失敗。人家說，凡事有二就有三啊。」

「但也有一句話叫『三局為定（註2）』。如果所謂的接軌——過去兩次只是因為文明還不成熟才造成失敗，但是靠現代的文明就能和平相處，那要怎麼辦？超自然的人類們當然有比我們普通人類優秀的部分。雖然我的個性不是很喜歡講這種規模很大的話，不過只要雙方能順利融合，或許就是讓人類大幅進步的機會啊。只是盲目地把N擊敗，讓人類失去那樣的機會真的好嗎？」

就在GⅢ跟我討論得越來越激動的時候——

ZⅡ彷彿是為了制止我們而開口說道：

「沒錯，接軌的問題並不單純。就好像現在GⅢ跟Enable意見分歧一樣，其實在我們這些超能力者之間也同樣在爭論。現在只是少數派的超能力者們對於這個世界僅有一小部分的影響力而已。然而有些人認為能夠使這些超能力者爆發性地增加，甚至可能讓超能力的存在公諸於世的第三次接軌——就好像剛才Enable說的，將會促使科學與經濟發展進步，堪稱是通往天堂的鑰匙。換言之，就是贊同第三次接軌的人們。根據CIA（中央情報局）的調查報告書紀錄，你以前交手過的尼莫應該也是其中一人。」

相對地——

註2 原文為「三度目の正直」，日本諺語，指同樣的事情前面兩次不足為信，第三次才確實。另外也可指即使前兩次經歷失敗，第三次也會成功的意思。

「當然，也是有希望阻止接軌發生的人們。就好像GⅢ先生剛才說的，現在超能力者還是少數派所以沒什麼問題，但要是超能力者大量增加將會使社會陷入混亂。或許聽起來有點奇怪，不過其實超能力者之中也是有人抱持這種想法的。」

白雪也告訴了我們這樣的事情。

關於第三次接軌——

其實無論一般人或超能力者，雙方都分成了肯定派與否定派。

在這樣的狀況下，人們是無法團結面對N的。像現在巴斯克維爾小隊就分裂成「我．白雪」以及「亞莉亞．理子．蕾姬」兩派。

說到底，「N」這個組織本身就設計得使所有跟他們接觸過的人都會分成「阻止」與「不阻止」兩派。就算讓更多政府或組織知道目前的事態，大家也會難以統一意見，無法團結行動。到頭來只是讓時間分秒過去，只有N一步步地推行計畫——

……設計得真巧妙啊。這肯定也是莫里亞蒂畫出來的設計圖吧。

「知道第三次接軌已漸漸逼近的人們大致上分成贊成派與反對派。但因為這種事情不能公開討論，所以人們利用暗號——把贊成派稱為『泛種（Panspermia）之門』，把反對派稱為『泛種之砦』。意思是人類究竟應該敞開超自然之門，還是應該守在普通存在的城砦中。如果以這個用語來說，N就是『門派』之中的激進派了。」

ZⅡ如此說著，看向我和GⅢ……

「第二次接軌後幾百年間——異能的存在們明知有『門』卻都假裝沒看到。抱持消極主義，一直躲在『城砦』之中。然而現在N已經把手放到那扇門上，準備將它打開。因為這樣，使得全世界的異能存在們也被迫必須決定要是『門派』還是『砦派』了。」

「……我和玉藻大人與小猴一起去跟伏見大人討論的也是這件事情。雖然用語不太相同，但內容上是一樣的。」

於是……

白雪也接著如此說道。

「──那我就直截了當地問了。星伽家是哪一派？玉藻、猴還有妳說那隻叫伏見的狐狸怎麼說？」

我首先向白雪確認這點，結果……

「星伽家內部意見分歧，處於中立狀態。小猴好像也還無法整理出一個想法。不過玉藻大人跟伏見大人都是『砦派』的。畢竟在日本，妖狐被人們奉為神明，重視對待。而且目前國內的力量均衡也保持得很好，要是忽然冒出好幾尊神明，祂們似乎也會傷腦筋的樣子。」

也就是說，玉藻那些狐狸人姑且不說……

根據事態發展，星伽家跟猴搞不好也會站到N的那一邊去。

不過這也是有可能的事情。畢竟星伽家之所以會躲在那個與世隔絕的神社，就是起因於他們遭到人民畏懼的那段歷史。而第三次接軌也能想成是千載難逢的機會，讓星伽家得以敞開門戶，不再需要遭受排斥或是躲藏，可以光明正大來到社會。在這點上猴也是一樣，想必在世界各地也有很多抱持同樣想法的超自然存在吧。

「——美國政府又是站在哪一邊？」

「關於接軌這件事，隆納・雷根發布過總統機密執行令。合眾國聯邦政府禁止實行第三次接軌，也有義務盡力阻止國內外實行接軌，當發生時也必須出面對應。」

也就是『砦派』了。

我本來想既然金天和ＺⅡ是為了進行超能力戰爭做的準備，美國應該有設定什麼假想敵之類的……但其實不只是假想敵而已，接軌本身已經是逐漸逼近的事態了。

「不過我個人則是——在這件事情上，不論Ｎ企圖自己引發第三次接軌的做法，或是美國為了迎擊而增強超能力軍備的做法，我都覺得太激進了。為了阻止超自然存在氾濫，或是為了進行防備而役使超自然存在。美國這樣的『城砦』政策太扭曲了。這種把超能力者如同核武般看待的思想，將來很容易導致對超能力者的歧視。因此我個人也跟白雪一樣，是站在中立立場。雖然以公務員來說，是必須跟政府一起站在『砦派』就是了啦。」

ＺⅡ所謂的中立——乍聽之下會感覺像哪一邊都不參與的輕鬆立場，但其實根據狀況甚至可能跟兩邊都需要戰鬥，是很難受的立場。像現在，她就已經被夾在個人與國家之間陷入兩難了。

「然後……Enable，ＧⅢ，我接下來要講的東西你們注意聽好。美國國防部為了阻止接軌發生，已經有好幾名特務在行動了。除了對應N本身之外，也為了對可能向N提供支援的『門派』魔女、超能力者與超人們進行監視、拘禁或殺害，其中一名特務——代號『Golden Cross』，就是你們的父親。」

聽到ZⅡ這段話，我和GⅢ頓時面面相覷。

原來老爸現在——是隸屬美國國防部，工作內容則是阻止企圖引發第三次接軌的激進派。面對的對手是魔女或超人們，而其中一人就是尼莫……！

「國防部的上層因為過分害怕接軌現象會動搖美國的軍事霸權，現在已經呈現集體恐慌的狀態。要說起來，就是跟N站在相反極端的『砦派』激進派。到處捕殺超能力者的做法，你們不覺得就跟中世紀歐洲的獵巫沒什麼兩樣嗎？我——希望能阻止Golden Cross，然而他是個不論誰去挑戰都無法打贏的對手。所以……拜託你去說服他吧。在這件事情上，我需要身為他兒子的你，需要Enable的力量呀。」

ZⅡ懇求似地對我如此說道——

我頓時明白，又有某種沉重的東西壓到自己肩上了。

這次的美國之旅如今已不只是單純的父子重逢之類個人性的事情，而是帶有重大的意義，會影響到N、接軌甚至人類的未來。

「——如果有辦法說服，我當然會那麼做。對我來說，老爸現在居然在當殺手的這件事情本身就感覺很奇怪。另外……其實我已經妨礙過老爸的工作了，總要向他講些藉口啊。」

「妨、妨礙？對 Golden Cross 嗎？就算你是他兒子，也太不要命了吧……」

「我之前還不曉得妳講的這些內幕，不過因為聽說老爸要殺害N的尼莫，所以我叫伊藤茉斬進行聯絡，讓原本預定到美國來的尼莫回去N的據點了。」

聽到我這段感覺就像跟N私通的發言——ＺⅡ一臉驚訝後，露出對這件事保留發言的表情。相對地……

「所以小金才會跟亞莉亞她們分開行動呀？不過……雖然這次小金好像救了對方，但畢竟小金是武偵……我認為遲早還是會跟身為恐怖分子的尼莫再交手喔。亞莉亞也說過，她的直覺認為尼莫是個不可不提防的人物。」

白雪則是有點像在告誡般如此說服我，因此……

「那點我也聽亞莉亞本人講過了。但不管尼莫做了什麼，她都有接受法庭判決的權利。無論有什麼企圖，都不應該二話不說就殺掉。法律的支配就應該是這樣吧？就像妳講的，我是個武偵。即使在警察或法官眼中只是二流，好歹也是法律的守護者。所以在尼莫這件事情上我才會甚至違背亞莉亞百發百中的直覺，出手幫忙。」

不只是對白雪，也為了得到ＺⅡ的理解，我有點囉嗦地這麼說明。

「反正尼莫那件事已經過去了，就擺到一邊啦。現在問題是就算我們想跟老爹見面講話，貝茨姊妹也會來礙事啊。根據我調查的情報，貝茨姊妹雖然是不折不扣的愛國主義者——但她們其實原本是不知什麼時候忽然出現在美國南部的，恐怕是來自南美的非法移民。然後想必是ＦＢＩ看上她們的超能力，所以把她們收養下來培育，讓她們嘗盡了甜頭。然後……她們認為要是讓我們跟老爹接觸，搞不好會導致自己深愛的合眾國所信奉的『砦派』任務中斷，才會那樣發飆的。應該啦。」

身為現實派的GⅢ接著將話題帶向我們目前的障礙，也就是貝茨姊妹的問題。

「她們在那座發射井中說我們與老爹見面會『影響到神的國度美國的安全保障』，還有『導致威脅人類的地獄之門被打開』之類的，或許就是基於這樣的背景吧……」

「也就是說如果不解決貝茨姊妹的問題，也就沒辦法阻止Golden Cross嗎……你們也真是前途多難呀。畢竟貝茨姊妹是FBI的祕密武器，我查不到任何情報。聽起來你們似乎跟她們交手過，她們的外觀或能力究竟如何？」

ZⅡ帶著嘆息如此詢問我們，於是……

「哦哦，她們的頭部側面有像惡魔一樣，或者說像羊一樣捲曲型的犄角。然後會使用強大的念力，可以移動好幾噸重的東西攻擊我們。」

我把自己親眼見過的東西都一五一十講出來後——

ZⅡ跟白雪當場露出感到意外的表情互看對方。

「那是真的嗎？這也太奇怪了……外觀上聽起來似乎是半獸人，但『念力』這種東西，在超能力之中是比較接近人類的特有技能喔？」

「雖然妖怪透過練習也能使用念力，但我沒聽過可以到那麼強大的程度呀。」

既然兩位超能力者都這麼說，代表長角的女人使用念力似乎是很奇怪的事情吧。

就在對那方面毫無常識的我不禁愣住的時候……

「……小金，這個先交給你。畢竟星伽家還沒有決定要站到哪一邊，要是我逮捕『砦派』的貝茨姊妹，就會被解釋成站在『門派』了。」

白雪說著，從上衣背後拿出對超能力者用的手銬交給我。因為對方是姊妹，所以給兩個。上面刻有拉丁文咒語的純銀製手銬，跟以前亞莉亞逮捕貞德時用過的是同型的東西。

「就算只是神社，隸屬於組織的人還真辛苦啊。反正不管怎麼說，我也是打算要由我們親自做出了斷，所以這東西我就心懷感激地收下啦。不過話說回來，那也就是說我們在相關人士眼中看起來是屬於『門派』──也就是接軌贊成派啊。那麼GⅢ，尤其你在心情上應該是『砦派』那一邊……但你可別搖擺囉？跟貝茨姊妹的戰鬥，你要用別的對立軸來思考。例如說……科學男VS惡魔女，怎樣？應該會是一場精采的勝負吧？」

「雖然也感覺只會沒完沒了就是了啦。不過哎呀，我知道。關於接軌的『門』還是『砦』，我會等解決掉她們之後再去思考。」

「至於風魔，我很抱歉把妳拖進了這麼重大的事件中──不過在這件事情上，妳不用想得太深。我們的任務成功條件就是克服貝茨姊妹的阻礙，與老爸接觸。僅此而已。」

「是。在下乃忍者，只需專心一志默默守護師父是也。無論師父到任何世界，在下做的事情都一樣。」

GⅢ懂得靈活變通，風魔則是腦袋死板，不過我們似乎還是能夠統一想法的樣子，真是太好了。雖然風魔感覺只是沒有把話聽得很懂而已。畢竟她對超自然方面的東西，是弱到甚至會因為怕鬼不敢半夜一個人上廁所嘛。

關於第三次接軌的議題就講到這邊暫告一段落。因為我們大家都知道這個話題非常敏感，要是沒處理好甚至可能導致同伴內訌——所以之後我們都互相小心，不要隨便把話講出口了。雖然在腦袋中我也思考了很多事情啦。

亂糟糟的廚房在白雪的帶領下，被露吉恩她們又打掃得乾乾淨淨……露吉恩她們明明對我們的態度那麼囂張，對於白雪倒是很快就變得聽話了。畢竟仍在開發中的人工智慧就像幼兒一樣，或許跟充滿母性的白雪比較合得來吧。

然後那位白雪今天為我們做的晚餐——居然是壽司！用露吉恩她們買來的加州米與冷凍食材握了一桌的江戶前壽司。

這讓在場所有人都開心不已，連似乎很注重健康的ZⅡ也說著「低脂又健康，真是出色的料理」表現得相當中意。我則是萬萬沒想到可以在外國吃到壽司——雖然在日本也是一年能不能吃到一次都不知道啦——而大為感動，「好吃！好吃啊！」地不斷稱讚白雪，種下了禍根。白雪因此興奮表示「親愛的，我好高興呢……！多吃點多吃點多吃點！然後提高人家在小金大人心中的評價吧！」並塞了好幾個鮪魚壽司到我嘴裡，露吉恩她們也有樣學樣地把酪梨壽司捲和玉米軍艦壽司塞到我口中，讓我都不知道該感到幸福還是感到難受。

像隻準備被做成肥肝的鴨子一樣塞飽肚子的我，看到露吉恩她們從架子上拿出裝重油的奶瓶，趕緊往後退出餐廳……

「洗澡我會跟GⅢ一起洗，妳們別來喔？絕對不要來喔？」

帶著GⅢ進到浴室並用拖把擋住門，還把風魔配置在門外把風，在森嚴的戒備下總算平安無事地洗完了澡。雖然從門外聽到好幾次白雪咂舌的聲音很恐怖就是了。

像這樣已經習慣白雪而對策萬全的我，也知道接著去洗澡的白雪因為愛乾淨所以入浴時間很長的事情——就趁這段期間度過平靜而安心的時光。我穿著睡衣為自己泡了一杯咖啡，端到客廳準備享受片刻的和平時……見到拜託幫忙照顧露吉恩她們的ZⅡ正在跟她們玩撲克牌的二十一點。這點本身沒什麼問題啦，可是……

ZⅡ居然不知何時也換上一套女僕裝了。跟露吉恩她們穿的一樣，短袖短裙充滿荷葉邊的玩意，也因此讓她纖細的手臂與健康的腿部都大膽外露出來。為什麼啦？妳的優點不就是衣服穿很多嗎？黑色雙馬尾與白皙肌膚配上黑白雙色的女僕裝看起來又很有整體感，很可愛。可愛是壞事啊。真教人火大。

「老哥，晚上喝咖啡會睡不著喔。」

GⅢ這時也穿著睡衣進到客廳，結果打完撲克牌的ZⅡ把頭轉過來……

「——GⅢ，把衣服脫掉，到這邊來。」

如此說著，光腳站起身子。

「為、為什麼啦？我可沒有在衣服底下藏什麼東西啊。」

被命令脫衣服的GⅢ頓時表現出有點嚇傻的反應，結果……

「剛才我跟白雪討論過，你們似乎不只外傷，體內也到處是傷的樣子。所以我和白雪分工，用超能力的手法幫你們治療。GⅢ，你由我負責。我之所以換成這套肌膚一部分外露的衣服，是因為我要透過皮膚吸收空氣中的魔力。並沒有其他特別的意思。」

ZⅡ語氣平淡地如此說著，並坐到沙發上。

「什麼治療，妳會啊？」

「不算很拿手，但至少應該比讓傷勢自然痊癒來得好。」

嘴上嘀咕的GⅢ露出他充滿肌肉的身體走過去後，ZⅡ又在沙發上重新跪坐……

「我先跟你講清楚，我是根據治療需要觸碰你的身體，但你不准反過來碰我。只要你有任何一點可疑動作，我就從內部破壞掉你的身體。」

「妳到底是要治療我還是搞壞我啦……話說，為什麼妳要懷疑我會碰妳身體？」

對男女的事情比我還要無知的GⅢ發自內心露出「？」的表情，結果因此有點嘟起嘴巴的ZⅡ……似乎感到有點丟臉的樣子。

「……總、總之我先幫你治療看看肌腱斷裂。你把背朝我。」

發現只有自己在提防性騷擾而不禁臉紅的ZⅡ把手伸向乖乖把背朝向她的GⅢ，從背部沿著肩膀移動向手臂，觸碰GⅢ除了是義肢的左手以外的部分，有時甚至呈現抱住GⅢ的姿勢。

「嗚，總覺得在發燙啊。」

「不要亂動。你亂動反而會對身體不好喔。」

「呿！超癢的……」

兩位人工天才之間流露出『昨日的敵人是今日的朋友』般的氣氛是很好啦。可是……

ＺⅡ小姐，妳那身服裝……從某些角度看起來感覺很糟糕喔？因為過去我在很不情願之下被理子強迫玩了美少女遊戲，讓多餘的知識植入我的腦袋，害我現在看ＺⅡ感覺就像什麼女僕小姐的『侍奉行為』一樣。嗚嗚，我光看都覺得恐怖起來了。

「是氣功療法呀。請問在下可以觀摩嗎？」

聽到風魔這麼說而回應她「是沒關係，但嚴禁攝影喔」的ＺⅡ表情認真，很專心在治療。ＧⅢ也似乎有感覺到傷勢真的在復元的樣子，露出一臉驚訝的表情。至於跪坐在地上看著那兩人的風魔也一臉認真。好像就只有我腦袋在想歪事，感覺真丟臉啊。

話說，看著男女之間有點像那檔事的情景……莫名會有爆發的感覺呢。明明我自己並沒有參與其中，卻會感受到ＨＳＳ的血流逐漸在增壓。這到底怎麼回事？

因為這樣——光是應付泛種之門就很累的我，一點都不希望什麼新的爆發模式之門被打開。於是裝作若無其事地離開客廳，獨自回到臥房。這間臥房中有一張小桌子……我就在這邊念書，把爆發血流壓下去吧。

如此這般，我打開古文的參考書……

「無謂之意誠哀矣……望君曉之以文……咦……？」

怎麼有幾頁被撕掉不見了？啊，這是……！在無人島上剛開始同居的時候，尼莫因為要生火沒有火種就擅自把我的書撕去用了。我還記得那時候我真的發飆，賞了她一記腦部炸彈摔。

念書念到一半被打斷的我──把鉛筆夾在人中，思考被撕掉的書頁上寫了些什麼。但這種東西怎麼可能想得出來嘛。念書的幹勁都散掉了。真是沒轍，稍微休息一下之後再重新打起精神念其他科目吧。

要偷懶動作就很快的我，拿起預付手機打開原廠就有安裝在裡面的踩地雷遊戲。反正剛好這裡是臥房，我就躺到床上好了。讓腦袋休息的時候也讓身體休息才最能達到休息效果，畢竟腦袋跟身體是接在一起的嘛。

「嘿咻……」

在燈光昏暗的臥房中，我仰天躺到被子上，結果在被子底下柔軟舒適的床好像忽然發出「啊嗯」的聲音……可是我看看周圍沒有其他人，應該是我聽錯了。雖然那聽起來有點像白雪的聲音，不過唉呀，畢竟這裡是平賀同學家，或許這是裝有ＡＩ語音功能的智慧型床鋪吧。

另外，在被子底下的這張床不知為何有兩團像棉花糖般柔軟的突起物，把脖子躺在那兩團物體中間就很舒服。而且大概是還有加溫功能的樣子，從被子底下可以感受到剛好符合人體的溫度。不愧是平賀同學家的床呢。昨天我跟ＧⅢ一起睡的時候好像沒有這些功能的說，或許是每天功能不一樣的床吧？

「呃～先從角落開始消起……這格的數字是3所以可以知道……然後這一區整體消掉……旗子插在這邊、這邊跟這邊。好像插太多了……」

就在我盯著手機畫面上16×16的格子，專心清除地雷的時候──

「……小金～」

──噫！耳邊忽然傳來白雪的聲音啊！

或者應該說，她在這裡！她就在這裡！我──上次試著畫了一下族譜，總算搞清楚是我『從表妹』的星伽白雪小姐，從我下面的被子底下冒出來了！我想說她進浴室洗澡而鬆懈大意了！但仔細想想就知道會進去洗澡就遲早會出來嘛！

「糟啦──最大顆的地雷居然就埋在這裡……！」

腦袋還沒從踩地雷的世界切換回來的我接著看到……白雪小姐，妳那是什麼打扮！她居然穿著去年我在宿舍房間的衣櫃中看到被分類為『決勝』、給大人女性穿的黑色蕾絲內衣。或者說她身上只有穿那樣！在這間燈光昏暗的臥房中！爆發度太高了！不要啊啊啊！

「小金大人，我真是太感動了……！原來你到國外也依然不忘念書，真是太了不起了……」

「──既然妳覺得這樣很了不起，就不要打擾我念書……之前的休息時間啊！更重要的是！妳為什麼要打扮成那樣！」

「因為人家剛剛才沖完澡呀……所以請小金大人放心，人家現在很乾淨喔。畢竟要觸碰小金大人的身體，所以我洗得非常用心呢。」

「觸觸觸碰！為什麼要觸碰！」

我有如站在地雷區中只要稍微震動一下就會爆炸而不斷發抖的腦內，頓時浮現出『問：為什麼白雪要穿著決勝內衣觸碰金次的身體？請簡單回答。』這樣像國文科的考試問題。而且多虧我努力用功，答案也很快就冒出來了。

（……啊、是為了治療……！）

剛才ZII說過『你們受傷了』、『所以我跟白雪分工幫你們治療』、『GIII由我負責』這些話。從這些線索邏輯性引導出的答案，就是『白雪負責治療我』。

——不，等一下，可是這樣無法解釋她穿著決勝內衣的部分！這樣不算全對，頂多只能得到部分分數而已。東京大學給分可沒那麼鬆啊。

「妳又不像ZII那樣，施術時沒有必要把肌膚露出來吧！明明妳以前穿巫女裝也能使用法術啊……！妳現在脫衣服的行為沒有合理性的解釋！太不合理了！」

「那麼小金，請躺到床上吧。」

「什麼叫『那麼』啦！——噫！不要過來！我我我沒問題啦！我這個人受傷都很快好的啦！就算中彈也只要灑點消毒藥水就會好啦！」

「不可以撒謊。你身上到處是傷，我都知道喔……？」

想要逃跑的我被白雪一把抓住手臂。痛痛痛痛啊！這比昨晚被露吉恩抓住的力道還要強好幾倍！仔細一看，白雪頭上的封印布乍看之下好像跟平常一樣，但其實顏色有一點點不同。那根本不是封印布，只是普通的緞帶嘛！妳現在用了禁制鬼道對不對！別說是治療了，這樣我手臂會粉碎性骨折啊！

「嘿咿～咻♡」

嗚哇啊啊啊我被公主抱了！跟一般男女狀況完全相反，是我當公主！

結果白雪小姐那對只有下面百分之六十遮起來的胸前兩顆肉球逼近我的眼前，害我的兩顆眼球都差點跳了出來。

「不要呀啊啊啊！」

同樣跟一般男女狀況完全相反地發出尖叫聲的我，用重獲自由的手摀住自己的臉，試圖遮蔽視覺與嗅覺。可是白雪卻巧妙利用我手部的這個動作，讓我的指甲擦碰到她胸部的內衣。黑色的蕾絲本來就已經被黑雪那對自我主張強烈的兩顆肉球撐開到極限了，我還以為現在碰這一下會讓它當場炸開，把裝在裡面的東西都爆出來，忍不住噴出冷汗——不過這套內衣似乎是高級品的樣子，多虧它製作得很紮實，讓我撿回了一命。

「妳、妳上次不是已經聽亞莉亞說過了嗎！我的體質上對女性很『那個』——妳從以前就是這樣，一有機會就想抓住我。可是——」

「唉呦～居然那麼光明正大地說『喜歡』什麼的……小金大人，人家好高興呢……我要用我的喜歡，把小金的喜歡包起來……」

「就算要把『機會（suki）』跟『喜歡（suki）』聽錯也轉得太硬了吧！妳根本是故意的啊！哇啊啊啊不要不要不要把我放到床上！」

「呵呵呵……我把小金大人像小寶寶一樣抱在懷裡了呢。要不要喝奶？還是有想要什麼呢？啊哈哈……開開玩笑而已……我到底在講什麼嘛，真奇怪……不過，如果小金大人喜歡這樣，人家今晚可以一直陪你喔。不用感到害羞。我有請露吉恩守在門外，不讓任何人進來的。呵呵、呵呵呵……」

白雪的笑聲原來這麼恐怖嗎？呃，雖然平常也很恐怖就是了啦。話說跟我有血緣關係的女人怎麼好像都有想要把我當小寶寶對待的傾向啊？像金女也是。還有她剛才這問題絕對是陷阱。就算我為了讓白雪離開房間而回答她『那我想喝奶』什麼的，我也不覺得她真的會跑去冰箱拿牛奶。要是她說什麼『那就喝人家的奶吧』之類的，最後會有什麼下場連我都不知道啊！

「想、想要的東西——有！妳能不能幫我去樓下拿沙漠之鷹過來？這樣我就可以槍擊妳然後逃走了……！」

「那就躺到床上喲，嘿～」

明明自己問我有沒有想要什麼卻完全無視我回答的白雪將我拋向床上，而且我還在半空中臉色發青的這段時間內，她自己也帶著笑臉、動作笨拙地跳了起來。結果「啪唰！啪唰！」地，兩個人一起落在面積很窄的床上了！

在恐懼得差點真的要退化成小嬰兒的我旁邊，用小鳥坐的姿勢降落的白雪——因

為床墊裡的彈簧而上下晃動——讓那對柔軟的奶球也跟著上下波動。真是驚人的畫面。

——撲通！——

不、不妙！這不只是幻夢爆發或輕微爆發，而是讓人感受到更可怕的血流的冰山一角……我必須想辦法鎮定我的心才行！快想辦法。快想辦法啊金次。白雪手腳趴到床上讓一頭黑色長髮沿著肩膀輕輕滑落，把我的上半身緩緩推倒，就好像一隻獵物在前的母豹一樣——雖然以胸部尺寸來講應該是母牛啦——我要快點想出擊退她的方法……！

……因為我的腦袋幾乎快要爆發，結果很快就想到一個點子！

我跟白雪是百分之十二點五的基因來自同一個曾祖母的親戚。我就用這理由，根據遺傳學說服她看看吧。

「白雪，我跟妳是親緣指數有六十四分之一的從表兄妹！血緣越接近，具有共通不良基因的可能性就會越高。像西班牙哈布斯堡王朝就是因為這樣——」

「你想表達什麼我大概知道……但不是有句話說『表親結婚美味如鴨』嗎？啊，可是我跟小金是**從表兄妹**（hatoko），所以嘗起來或許是鴿子（hato）的味道喔。」

——失敗啦啊啊！科學被俗話秒殺了！其實仔細想想，我是個對遺傳學上算是同父異母妹妹的金女和金天都爆發過或差點爆發過的勇者，區區「從表兄妹」的關係如今根本無法構成什麼爆發障礙。甚至因為血緣上不會太近也不會太遠，適度的悖德感反而成為強力的血流加速因子。這下勝負已分……！

「——鴿子嘗起來是什麼味道呢？我們很快就能知道囉，小金。」

白雪將設計穎美的內衣襯托的雄偉胸部與臀部都輕輕貼到我身上……充滿滑順起伏的身體無比柔軟，傳來溫暖的體溫。一頭黑髮則是飄散出甘甜而誘人陶醉的蜜桃芳香。

纖細的手指將我的睡衣鈕釦一顆顆解開，妖豔地輕撫我的肌膚——

——俗話說，過猶不及。

上升過度的爆發性血壓讓我腦中的某條線「噗哧」一聲斷裂……

「鴿子……鴿子……鴿子咕咕……鴿子餅……伊藤洋華堂（註3）……＃＄％＆！」

「小、小金……？小金、哇哇、你振作呀！」

有如保險開關跳電般，我當場失去了意識。實在很沒出息啊。

……

……然後……

隔天我睜開眼睛——發現身體各處的傷都治好了。原本以為需要一個月才能痊癒的肩膀，還有本來擔心會因為傷疤禿一塊的頭部割傷，所有大小傷甚至指甲邊的倒刺全部都治好了。吐血與血尿症狀也都完全停止。不只這樣，我全身上下的活力也全都補滿，感覺現在就算要我跟一百人進行手槍格鬥過招同時跑全程馬拉松都沒問題呢。

註3「鴿子餅」為日本豐島屋的主打商品。「伊藤洋華堂」為日本零售企業，商標為鴿子。

我本來還擔心用法術幫我治療到如此徹底的白雪應該會精疲力盡……但是沒想到身穿水手服跟露吉恩她們一起在洗衣服的白雪看起來卻是神采奕奕，肌膚也充滿光澤。在華盛頓DC的朝陽照耀下甚至好像在發光喔？為什麼？

該不會……就像ZⅡ從空氣中、亞莉亞從緋緋色金獲得魔力一樣，白雪也可以透過某種手法從我身上吸收魔力……？我的腦中不禁浮現出這樣的疑問。如果真是那樣，在我失去意識的那段期間我究竟被她做了什麼事？越想越覺得恐怖的我……很快決定不再去思考了。

平賀AI幼稚園的職員組成有——ZⅡ跟風魔是保母，我跟GⅢ是實習保育員。至於露吉恩她們很親近的白雪，感覺就是園長老師了。而那位園長老師聽說風魔教過露吉恩她們健康操，結果便下達「早上大家一起健健康康做體操吧！」的指示，於是我們所有人都來到中庭做健康操了。

大概是用頭上的天線搜尋YouTube的露吉恩不知從身體的什麼部位播放出健康操的曲子……蕾東達與加勒艾露如今也已經能夠做出頗為標準的體操動作，雖然我覺得做體操時身上穿女僕裝很奇怪就是了。相對地，似乎不曉得日本式體操的GⅢ跟ZⅡ動作很僵硬，我則是因為發現自己有事情可以做得比人工天才好而表情得意地做著體操。可是——

「好，接下來是雙腳跳躍運動。把腳併起來，跳高、跳高喔～」

白雪不知道為什麼做到這個小節時就跑到我面前晃動她的雙峰，於是我用恍神的視線把焦點固定到遠處的牆壁，透過不讓眼前的情景在大腦視野區成像的手法撐過危機。這體操對心臟這麼不好，反而應該不健康吧？而且白雪不知什麼時候指示露吉恩她們擋在我的左右和背後，讓我根本無路可逃。

說到底，為什麼白雪來美國找我還要帶武偵高中的圓領體操服跟布魯馬啦？這絕對是理子造成的壞影響。理子的布魯馬都是黃色、粉紅或白色之類奇奇怪怪的顏色，所以我只要在腦內巧妙處理，頂多只要苦笑一下就能帶過去了。可是白雪穿的是貨真價實的深藍色布魯瑪，讓我非常傷腦筋啊。她就不能像大熱天還穿大衣做體操結果暈得搖搖晃晃的ＺⅡ那樣穿多一點嗎？

另外，多虧那位ＺⅡ——

「還以為結束了，居然還有呀？什麼叫健康操第二部分啦……？」

「總不會還有第三部分吧？」

跟著ＺⅡ一起抱怨的ＧⅢ，在發射井的戰鬥中留下的傷勢也已經完全復原了。

我也好希望白雪不是用那種黏膩膩的治療法，而是像ＺⅡ對ＧⅢ那樣，或是像佩特拉對大哥那樣，平平淡淡普普通通地治療啊。不過那樣好像也不行，畢竟佩特拉跟大哥就變成現在那樣了。說到底，讓女生照顧男生的傷病很容易引起所謂的南丁格爾效應——使雙方萌生戀愛感情，對我而言是非常危險的行為啊。像原本互看不順眼的ＺⅡ跟ＧⅢ現在也變得有如普通的同班女生跟男生的感覺。我以後還是拚了命也不要受傷好了。

「就是還有第三部分沒錯。老爸以前每天早上都會做到第三部分喔。」

我為了從穿著體操服像打籃球的防守動作一樣漸漸逼近的白雪身上移開注意力，對GⅢ如此說道後——

「這樣啊……老爹也做過這個。」

GⅢ露出似乎有點羨慕的我的表情，接著變得比較專心做健康操第二部分了。感覺就像希望多多少少可以體驗自己所缺少的對父親的記憶。

——GⅢ他甚至連自己的父親都沒見過。

恐怕老爸也不知道GⅢ的存在吧。

為了這傢伙，我也要努力把老爸找出來，讓他們見面才行。雖然我至今完全沒有為他做過什麼像哥哥的事情，但這想必就是這趟旅行中我身為哥哥的責任吧。

……就在我默默在心中如此發誓的時候……

踏踏踏。從背後傳來小不點的腳步聲。

「遠山同學，GⅢ，總算完成的啦！」

平賀同學，或者應該說是機械文文來到中庭。而我們剛好也做完體操，於是集合到她面前。

在機械文文頂在她短髮雙馬尾的頭上，用雙手扶著、上面畫有小魔女DoReMi圖案的大籃子中——裝有我的貝瑞塔、DE、護具彈匣與滑軌夾克，以及GⅢ的H&K・

USP手槍、尖端科學兵器的護具等等東西。這籃子大概是全世界拿來用在最恐怖事情上的小魔女DoReMi商品吧。

「──已經維修好了嗎？真是太感謝妳啦，平賀同學。」

「我本來以為連設計圖都沒有的話，光是要理解構造應該就會花很多時間的說……真強啊。」

「嘿嘿。」

平賀同學挺起她以些微差距贏過亞莉亞的胸膛，我們兩兄弟則是拿出籃子裡的槍跟護具一一檢查──真不愧是裝備科的天才兒童，每個裝備都維修得很完美，甚至比帶出東京時的狀態還要好呢。

我穿上夾克，將手槍分別收進左右兩邊的滑套──

「這下人與槍都用作弊等級的速度治好傷勢，武裝也準備齊全啦。」

「那麼差不多可以去找T夫人了。老哥，咱們什麼時候出發？現在？」

「保險起見，我們趁黑夜再過去吧。晚上去拜訪女性的家或許很沒禮貌，不過我們太陽下山就出發。」

我與GⅢ如此討論。雖然只要我們現身，貝茨姊妹可能也會跑來，但我方現在狀況絕佳。我們就像電玩遊戲《淘金者》一樣衝刺穿透過去，直達老爸的地方吧。

基於「門」與「砦」的關係，無法跟我們一起來的白雪跟ZⅡ就像舉辦送行會般

赤松中學
緋彈的亞莉亞
Aria the Scarlet Ammo
寂靜之鬼
31
XXXI
© Chugaku Akamatsu 2019
Illustration : kobuichi
KADOKAWA CORPORATION
尖端出版
www.spp.com.tw

為我們準備了午餐──另外我們也拜託用帽子藏起貓耳型天線的加勒艾露，大約下午五點左右去Lowe's幫我們把車子移動到這棟房子的地下停車場。剩下的工作就是等太陽下山了。

而在等待的時候我也不浪費時間──很用功地打開古文的教科書。畢竟昨天晚上白雪地雷害我沒念到什麼書嘛。

因為古文是風魔的拿手科目，於是我請她一起到客廳桌邊當我的老師。雖然向原本是學妹的對象請教功課，剛開始讓我覺得有點尷尬，不過仔細想想我被退學的時候跟她是同年級嘛。露吉恩她們沒什麼意義地在中庭做著疊羅漢體操，白雪與ZII在廚房洗碗盤，GIII則是在補眠，因此現在客廳裡只有我和風魔兩個人。

「這個念作『總角（agemaki）』，這個唸『參內（sandai）』是也。」

「這麼說我就想起來了，謝謝妳啦。只要T夫人知道老爸在什麼地方，這趟旅行也很快就會結束了……在那之前，我必須好好跟妳請教古文才行。這裡是已然形……這裡的詞形活用是什麼形啊？」

有如解讀暗號般讀著古文參考書的我，提出問題的同時抬頭一看──

（……？）

嗯……？風魔怎麼有點垂頭喪氣的？

而且好像眼眶還泛著淚光的樣子？

我……該不會又闖了什麼禍吧？

「風魔，妳怎麼啦？」

「……師父說得沒錯。這趟美國遠征……想必很快就要結束了……」

風魔講到這邊停頓下來，一段時間後……

「然而在下明明承蒙師父委託，負責在這趟旅行中與師父同行這樣重要的任務……一路來卻總是在扯師父的後腿。到頭來只能用這樣的方式幫上師父的忙，實在慚愧是也。」

她垂著頭，連馬尾也跟著垂下來，表現得很沮喪。

事實上……無論在洛杉磯的卡西塔路尋找老爸留下的痕跡時，或是在飛彈發射井與貝茨姊妹交戰的時候，風魔都沒有立下什麼重大的功勞。如果這次的同行者是亞莉亞、理子或蕾姬，遇到的困難確實應該會更少才對。

話雖如此，但選擇要把風魔帶來的人是我。

我壓根沒有要抱怨因此讓小隊能力變低的意思，而且這次的問題應該在於我自己的人脈不足，找不到其他願意陪我到地獄走一遭的同伴。如果換成我站在風魔的立場，我應該會直接主張「雖然我沒幫上什麼忙，但那要怪你選上了我！」然後只領報酬就走人吧。

但畢竟風魔即使腦袋很傻也是個認真的好女孩，對於自己沒能為身為雇主的我做出貢獻的事情會感到很慚愧。因此……

「不，妳也是有幫上忙啊。例如……」

我說著，在腦中翻找起風魔這次在美國的搜查行動中幫上忙的事情。

結果我很快就想到了——在洛杉磯的加油站教訓帕基諾老大的手下時，我多虧風魔而進入了爆發模式，才能順利追蹤那群傢伙。那件事讓我們找到了帕基諾老大的地方，最後得到關於T夫人的情報。也就是說如果沒有風魔，我這趟旅行就不會到華盛頓DC來了……

但是風魔不曉得爆發模式的事情，所以我沒辦法告訴她這件事。就算她曉得我也不會告訴她就是了啦。『因為妳的緊身短褲讓我產生性亢奮所以事情才順利發展的喔』這種話誰講得出口啦。

因此我……

「呃～那個……」

只能變得支支吾吾，反而更讓風魔感受到她沒什麼貢獻的印象了。

不妙。GⅢ都告誡過我要惹女人哭也節制一點的，再這樣下去風魔又會哭啦。可是把爆發模式的事情講出來，應該也只會讓她覺得噁心想哭吧？

「啊、不、那個、期待今後立功吧。畢竟師父有義務培育徒弟，這次的旅行一方面也是為了培育風魔啊。」

我雖然努力想要含糊帶過去，但根本不是爆發模式的我連自己在講什麼都搞不清楚。話說，要安慰一個快哭的女生什麼的，這種任務對於討厭女性又不善言辭的我來說難度也太高啦。於是……

「……古文讀到這邊也夠了，我接下來要讀其他科目。離太陽下山還有一段時間，妳去重新確認一下行李吧，像手裡劍之類的可別忘記帶囉？」

我扯開話題，把風魔趕走了。除此之外，我別無他法。

察覺到我在傷腦筋的風魔也說著「遵命是也……」並沮喪離去……

目送那身穿水手服的背影與沒精神的馬尾離開的我，不知道身為一名學長或者說身為一名上司這時候應該說些什麼話才好……只能拿出數學教科書念了起來。

簡單講，就是選擇逃避了。

「……」

後來就在我獨自一個人默默用鉛筆戳著參考書的時候……

「喂。」「喂。」「喂。」

……露吉恩、蕾東達與加勒艾露跑到我的周圍。

「車子，已經移動到這裡的地下停車場了。」

「──了解。」

因為我心情不太好，所以只有簡短如此回應後就又繼續埋頭念書。可是……

「……喵～」「喵嗚。」「喵～」

大概是想要保育員陪她們玩的關係，那三臺機器人竟開始模仿起很爛的貓叫聲。這是看到風魔叫我起床時模仿麻雀叫聲所以她們有樣學樣的吧？煩死了，我才不理妳們。

「H點跟I點在這邊，AD跟BC平行，所以能夠求出長度比……」

「喵～！」「喵～喵～！」「喵～喵～喵～！」

「啊啊啊啊！吵死了！妳們在做什麼啦！」

被露吉恩、蕾東達與加勒艾露在耳邊吵鬧的我如此怒吼後……

「這是在學貓叫。」「你不知道貓嗎？」「貓是四隻腳的哺乳類動物，有一對尖耳朵，喜歡到處走來走去——」

「那我知道啦！」

「明明是你」「問說」「『在做什麼』的。」

啊啊受不了！人工智慧還是很不行啊！拜託妳們察言觀色一下行不行……！

「我是在、問妳們、那個行為、有什麼意義啦！不是我不知道貓是什麼！我現在在念書，不要來打擾我。」

「原來是這樣。」「你在念書呀。」「我們不知道。」

「看就知道了吧！我打開參考書還握著筆啊！」

「為什麼」「你要」「念書？」

「為了要考大學啦。而且我成績很差，所以——」

我為了不太能聽懂話的露吉恩她們仔細說明，結果不曉得是從誰的哪個部位忽然『噗噗～！』地發出像猜謎節目中答錯問題時的音效。

「那樣不對。」「所以金次才這麼不行。」「所以才會高中退學。」

「妳們聽誰說的……」

就在我忍不住咬牙切齒的時候——露吉恩她們逼近過來。

露出不帶感情，但卻因此莫名讓人覺得很嚴肅的眼神……

「——去風魔的地方。風魔、在哭。」

對我講出了這樣一句話。

這是她們跟我們一起生活，看著我們的互動，學習所謂的人類……然後見到我跟風魔現在的狀況，而演算出應該要這麼做的嗎？

「……去了……又能怎樣？我什麼都做不到啊。」

從來沒想過自己會跟ＡＩ談這種事情的我，很沒自信地如此回應後……

不知是不是我的錯覺，蕾東達與加勒艾露用帶著溫柔的語氣對我說道：

「才不會什麼都做不到。」「你可以去陪她。」

——她們就算是機器人……也是女人啊。

……我輸了。我這個人對女性就是很弱。

說得也是，我就過去吧。

雖然不代表去了就能做些什麼，但就像這三臺——不，就像這三個人說的。

我至少可以去陪伴對方。然後這想必是人，是男人應該做的事情。

躲起來就很難找到而出名的風魔這次並沒有躲在天花板上或土中，而是她在這個家中當成自己房間使用的小房間裡。她大概是乖乖聽我的話確認完行李，正在把包裹布重新包起來的樣子。唉～居然連百葉窗也關得緊緊的，讓房間裡的氣氛整個好陰暗啊。

畢竟我們已經認識很久，風魔即使背朝這裡似乎也知道我來了——可是卻依然跪坐在地上沒有轉過來。不只如此，甚至還把臉埋進她抱在懷裡的包裹。代表沒臉見我的意思嗎？

「……風魔。」

身為男人——我走到她旁邊，蹲下身子。

然後就這樣，靜靜陪在她身邊。

這麼說來……我以前好像也曾經害她像這樣沮喪過啊。

在神奈川武偵高中附屬中學，我打敗當時是個問題兒童的她時——爆發模式下的我雖然覺得自己只是很溫柔地稍微疼愛了她一番而已，但是在強襲科眾人圍觀下連反擊都做不到就輸給我，對於那時候個性高傲的風魔而言似乎是非常丟臉的事情。畢竟別看風魔這樣，她其實自尊心很高。

一直以來我都只會傷害她而已。身為學長，身為師父，我實在很沒出息啊。

……過了一段時間後，風魔稍微把臉抬起來——

「師父……」

用盈滿淚水的眼睛瞄向旁邊的我。

嗚嗚，雖然我多少有做好覺悟了，可是她那對眼睛明明給人剛強的印象卻又大又圓好可愛，而且現在還帶著溼潤的感覺，害我都不禁怦然心動了一下。

不過……風魔應該不太想讓人看到自己哭的樣子吧。

雖然現在不在這裡，不過這家中還有其他好幾個人。

於是我站起身子，把這小房間的房門輕輕關上。

——結果……

這完全是個錯誤的行動……！

「……師父……」

無聲無息地靠近我背後的風魔在我轉回身子的同時抱住了我。為什麼啦？不要在兩人獨處的時候抱住我行不行……！

「……師父。請讓在下現在幫上師父的忙吧……趁今後又要跟令弟一起開車旅行之前。無論任何命令，在下都會服從是也。」

把臉埋在我胸膛的風魔甚至說出這樣一句話。

她微微顫抖的聲音中，還帶有逞強裝成熟的感覺。

我個人的見解是一般來講女性就算年紀較小，精神年齡也會比男性來得高。然而過於純粹的風魔卻讓我覺得她心靈上比我年幼。而就是這點——會刺激平常身為男性都沒有經驗過比女性立場優勢的我。

有如父性般的東西化為爆發性的血流，剛開始很溫柔，接著越來越熱。

「妳、妳臉很紅喔，風魔。該不會是發燒了吧……？」

即便如此，我還是用苦笑帶過，試圖逃避。結果……

「果然……師父從中學時代都沒變是也。」

風魔忽然變得稍微比我成熟一點，對我露出微笑。明明像個少女卻有時候會忽然散發出那種大人的感覺，未免太狡猾了吧！妳是兩種願望一次滿足系的女生嗎……！

不妙，剛才這下讓感覺都來了。來啦來啦來啦，聚集到身體的中心、中央來啦。在這種狀況下，那感覺來了。我感受到自己的表裡人格漸漸切換——

剛進入爆發模式的腦袋也總算明白，為什麼風魔可以跟我相處這麼久……甚至比亞莉亞還要久。

「讓自己可以幫上忙……這是在對師父提出要求嗎？妳變得很有膽了嘛，風魔。」

我說著，把手臂摟到抱著我的風魔腰上。

比外表看起來的還要細呢，好一個蠻腰。鍛鍊得很徹底，毫無贅肉。

被我從上衣與裙子間的縫隙直接觸碰到背脊的風魔——全身抖了一下後，變得僵硬起來——

「……在、在下很清楚自己這樣說很逾矩……但是在這次的任務中，在下明白了自己只能透過這樣的方式才能幫上師父的忙。都、都怪在下功夫不成熟……」

「——不是那樣，風魔。」

因為風魔全身僵硬反而變得比較好動了，於是我輕輕把她從我身上拉開。

「不是那樣啊。就是因為風魔不是那樣，對我來說才會是很重要的存在。」

風魔自稱是我的徒弟，總是表現出那樣的言行。即使現在跟我已經不是戰兄妹也依然沒變。

我和風魔之間，存在著別人無法介入其中的上下關係。從中學時的那一天以來。就因為是那樣的風魔，我——雖然如今破戒了——不過我一直都努力告誡自己，不要因為風魔進入爆發模式。她搞不好可以說是讓我在這點上最小心注意的對象了。正因為我站在上司的立場，所以更加小心，為了讓兩人之間可以永遠保持這樣的關係。

——對我來說，這樣的對象就只有風魔而已。在這廣大的世界中，唯有她一個人。

然而相對於我心中這樣的想法，風魔聽到我剛才那句像在打啞謎的發言而露出「……？」的表情，雙眼打轉努力思考，臉頰還紅通通的。

「——所以說，拜託妳不要對我說那種太可愛的話啊。那樣不是會害我在妳面前拚命戴在臉上的面具被剝掉嗎？就好像妳希望永遠是我徒弟一樣，我也希望永遠是妳的師父。要是忘記那條不可越過的線，我們之間就無法繼續維持師徒關係了。」

我稍微把身體彎下去，將嘴巴湊到風魔耳邊小聲呢喃。耳朵感受到聲音與氣息的風魔「……啊嗚……」地顫抖身體，而我則是感到疼愛地看著她那副模樣。為什麼要對這樣純真的女孩子那樣惡作劇啦？爆發金次真的是個壞男人呢。

我接著把臉移到風魔正面，近距離注視著她——

「——不用為了自己的不成熟感到羞恥。一個人要是從一開始就很成熟也太奇怪了。真正應該感到羞恥的，是不明白自己的不成熟。我一直以來都站在比任何人更近的位置看著風魔，所以知道妳明白自己的不成熟，而且總是在努力推翻這點。所以妳就堂堂表現出自己不成熟的部分吧。我會培育妳。身為妳的師父，我會負起責任。」

我最後將風魔應該最希望聽到的話告訴她後……

風魔……呆呆地愣在原地了。雖然她似乎有聽到我在講什麼，可是因為這狀態的我對她太過刺激而讓她腦袋過熱的樣子。結果她點點頭後，講出了支離破碎的發言：

「剛才的……師父……眼神彷彿會把人吸進去是也……」

「妳可別被吸進來囉。」

我們說出這樣一段羞澀到要是被別人聽到，應該會當場丟鐵盆到我們頭上的對話後——

風魔端正自己身體的正中線垂直站好，從我面前往後退下半步並單腳跪下。接著把手臂彎成直角橫舉到前方，用彷彿在看什麼隱形手錶似的動作低下頭。

這是……風魔忍者對主子表示敬意時最高級的敬禮姿勢。

「——歡迎您回來是也，師父。」

她的聲音變得比剛才低了八度——至於那句『歡迎回來』是什麼意思，我也明白。她是在說歡迎現在這個我回來啊。

個性純樸的風魔雖然沒有注意到開關是什麼……但是有看過我切換為爆發模式的樣子。搞不好是看過次數最多的女生。

或許因為這樣所以她知道，現在的我並不是平常的我。

「在下雖是沒有出息的下忍，但依然再次對自身發誓，要一輩子為師父效力，賭上性命完成任務。今後——下次在下絕對會立下功勞，即使粉身碎骨也在所不惜是也。」

然後從她現在的態度與距離感看起來，她似乎比起現在的我更喜歡另一個我的樣子。真是個稀奇的女生。這下我又發現一個討厭女人的我會一直讓她留在自己身邊的理由啦。

然後——我還發現了另一件事。靠著爆發模式下變得有如雷達般敏銳的感覺。這或許又是多虧有風魔啦。

「那麼妳就站起來吧。看來妳能為我立功的機會很快就到來啦。」

我和風魔回到客廳便看到GⅢ也已經醒來，正透過百葉窗的縫隙窺探著外面的狀況。

「——人數多少？」

我對即使在非爆發模式下也對敵人的氣息很敏銳的人工天才如此詢問。

「停在路邊的車輛後面有三～四人。雖然有變裝，但應該是FBI。他們大概是一直在監視我們那輛凱迪拉克消失的那地區，然後這次跟蹤車子過來的。」

GⅢ對一起窺探屋外狀況的我這麼回答後，ZⅡ與白雪也都聚集到窗邊來了。

「……意思是我們把車子偽裝成雪佛蘭Impala的木遁之術也被識破了？」

「不，那偽裝很厲害，所以應該不是被識破。我猜是靠消去法吧。從我們那輛車消失之後，他們就叫華盛頓市警確認所有出入過那塊區域的車輛，然後跟蹤了明明沒有進去卻跑出來的Impala。」

聽到GⅢ咂著舌頭如此說道，風魔便「真是浩大的工程是也」地嘆了一口氣……

「——你剛才說三～四人，不過應該還會增加。他們是在等待增援。」

一如我的預測，幾輛郵局的偽裝廂型車接著停到路邊——從裡面出來的不是郵差，而是一群像SWAT隊員的傢伙。手握M4卡賓槍，身穿防彈背心，還有配備防彈盾牌……但有點奇怪。那盾牌雖然外觀上跟一般的鎮暴防彈盾牌一樣，可是深藍色的表面卻刻有某種大大的紋路。兩層同心圓配上五芒星與文字列，圖案很複雜。因為只是刻在表面的溝槽沒有上色，所以看得不是很清楚就是了。

「……那盾牌上的圖案是什麼？要說是小隊徽章也未免太大了。」

我如此小聲呢喃後，來到我旁邊窺探屋外的白雪與ZⅡ便說道：

「那是——魔法圓。在日本稱為魔法陣，是來自歐洲的術式。那看起來好像是保護自己不受魔法攻擊的種類，可是精細度不太高……想必是看著魔導書描過來的，只是有總比沒有好的程度而已。」

「是獵捕超能力者的陣勢呀。不過從那製工粗糙的盾牌看來，對方應該沒有超能力者。FBI國家公安部分成超自然組與尋常組，那些人應該是後者吧。」

意思是說雖然同樣是FBI，但是跟貝茨姊妹不同組嗎？對於身為『砦派』——標榜要阻止超能力者人口爆發的政府機關來說，大概是不想明目張膽地在市區內使用超能力者造成雙重標準的印象吧。穿西裝打領帶的高官們也真辛苦呢。

我和GⅢ並不是超能力者，可是對方卻有對超能力對策做準備……也許是因為把身為忍者的風魔想成是超能力者，或者為了防備行動上近於『門派』的我們可能會有超能力者的夥伴。不愧是FBI，危機管理能力真好啊。像現在我方確實就有ZⅡ跟白雪，雖然我沒有把她們捲入這場戰鬥的意思就是了。

「——我們強行突破，總之先離開這裡吧。要是因為我們害這個家被打得到處留下彈痕，對好心藏匿我們的平賀同學就太恩將仇報了。GⅢ去停車場把車開出來，風魔負責掩護我。至於白雪和ZⅡ……我們會引開那群傢伙的注意力，妳們就趁機逃走。」

白雪和ZⅡ似乎想說些什麼，不過我拋了個媚眼讓她們閉嘴後，帶著風魔準備從玄關走出去。結果就在GⅢ走下通往車庫的地下室時——平賀同學竟然與他錯身而過，從地下室跑上來了。而且手上抱著與她嬌小的身體很不搭的莫斯伯格M500霰彈槍，頭上戴著因為太大頂而歪歪斜斜的軍用頭盔。

「這裡的文文的家。在美國如果有敵人到自己家來，不管對方是誰都要自己進行自衛，這是常識的啦。既然文文收下了金子彈，就要挺身戰鬥讓遠山同學們可以平安退房離開的啦！」

面對用亞莉亞級的娃娃聲表現得很有幹勁的平賀同學，我不禁露出苦笑——

「那就拜託妳幫點小忙吧。等我出去十秒鐘之後，再麻煩平賀同學也跟著出來。」

「好～！這個身體是機械文文，就算被槍打到也沒事的啦。露吉恩、蕾東達、加勒艾露，妳們也來幫忙的啦！」

平賀士官對AI少女們如此下令的同時，我和風魔打開門來到馬路上——發現路上行人與車輛都因為看到全副武裝的特種部隊隊員們而早就逃光光了。哎呀，這樣也好。

至於FBI的隊員們則是……因為他們還沒擺出攻堅隊形之前，我就大搖大擺走出來的關係，變得有點慌張呢。雖然當中有幾個人姑且把槍舉向我，但大概是知道對Enable開槍的話子彈會反彈的關係，並沒有立刻扣下扳機。

我與背著火繩槍的風魔一起若無其事地走向停車場出入口的同時……

「貝茨姊妹都被打敗了還沒記取教訓嗎？你們要是太纏人，小心我報警喔？」

畢竟這裡是娛樂大國美利堅，於是我對在場的警察們先開了個暖場笑話。

然而……大概是文化上的差異，或者單純因為這玩笑太無聊，大家都沒有笑。

緊接著平賀同學就「嗚啦——！」地大叫著衝了出來，於是……

「——哦～等等，你們別動。我可是有人質在手喔？」

我抓住她纖細的手臂，把貝瑞塔抵在她太陽穴上給FBI的隊員們看。而且一如現在遭到通緝的身分，故意露出邪惡的笑容。這樣一來平賀同學就不是我們的夥伴，而是因為認識以致被我們入侵家中成為霸王客的被害人了。

就在這時，GⅢ駕駛的美國車——已經拆掉偽裝成Impala的零件，恢復原本凱迪拉克的外觀——從地下停車場的斜坡開上來了。因此……

「呵呵呵……你們ＦＢＩ是人民的公僕吧？見到市民被抓為人質就無法行動啦。」

我把一臉愕住的平賀同學當成肉盾，靠近凱迪拉克。而一如我的計畫，ＦＢＩ隊長也擺出『別開槍』的手勢了。

「老哥……演這種戲就莫名逼真啊。」

「師父從以前就對這種事情很拿手是也。」

「肯定是因為本性是壞人啦……」

ＧⅢ和坐到車後座的風魔用日文講著這種話，於是我不禁反駁：

「喂你們給我等一下，那樣不是講得我好像真的流氓惡棍……了嗎……」

然而豈止是『好像』而已，像現在就被警察包圍著，而且在日本也曾經被逮捕過，結果我講到途中聲音就變得沒什麼自信了……但不管怎麼說，總之我也順利坐到凱迪拉克的後座、風魔的旁邊了。

不過接下來的問題才麻煩啊。仔細一看，車道左右兩頭都被大型的偽裝郵局車堵住了。

因此ＧⅢ雖然讓Ｖ８引擎催出聲音，卻猶豫著應該往哪邊開。這時——

「我們乃是對抗危害神聖合眾國之超自然邪惡，取締醜惡魔女與超能力者的ＦＢＩ國家公安部！我們來此的目的是有事情要向你們諮詢。只要你們不抵抗，我們也不會攻擊——」

ＦＢＩ之中大概是隊長的小鬍子大叔用吵得要死的擴音器對我們如此說道，可是……

他宣告到途中忽然講不出話，而且還把那對白人特有的大眼睛睜得圓圓的。

於是我也順著他的視線看過去——嗚喔！變態女出現啦！害我差點心跳停止了。

從平賀家中……把大衣、裙子、膝上襪全都脫掉，身上只穿一套超小型比基尼的ＺⅡ挺胸站出來了……！我明明叫她快逃的說！

「你們這些傢伙明明在別的部門也有利用超能力者，竟然還侮辱超能力者是醜惡什麼的。我是洛斯阿拉莫斯研究所的ＺⅡ，我要對你們上級提出嚴重抗議——但反正那樣做ＦＢＩ也只會丟反省書過來毫無誠意，所以我現在直接處罰你們一頓。給我心懷感激地受罰吧。」

原本像在握什麼隱形飯糰的ＺⅡ把雙手拉開後……雙手之間便出現耀眼的光球。

我以前在首都高灣岸線看過那個光彈，是ＺⅡ的攻擊魔術。但ＦＢＩ那群人似乎沒看過那招，頓時表現困惑。

趁著那機會——嘶磅！ＺⅡ像踢足球般一腳踢向光球。

光球當場飛向廂型車，「轟！」一聲用有如反戰車砲直擊般的威力把廂型車炸倒了。

「——Enable，ＧⅢ，快走！也為了我們超能力者的未來——你們走吧！」

接在ＺⅡ的大叫聲之後，凱迪拉克發出催油門的聲音。不只是我，ＧⅢ也是——判斷既然已經出手就要有所行動。穿過ZII為我們打開的活路，前去T夫人的地方。

可是很不幸地，「嘎嘶！」一聲——凱迪拉克竟然引擎熄火了。是因為太長一段時間沒開的關係。

「——車子不准動！給我停下來！」

FBI大叫的同時，打雷般的槍聲接連傳來。不過……

早已從家中跑出來的露吉恩、蕾東達與加勒艾露進入了射擊線。她們完全不怕槍擊，因為她們根本沒有害怕的電子迴路。

「……！S——Stop！停止開槍！」

以為露吉恩她們是普通女孩子的FBI隊長趕緊出聲制止，但已經太遲了。

隊員們來不及停下扳機——好幾發子彈硬生生擊中三臺機器人。

露吉恩、蕾東達與加勒艾露身上好幾處發出「噹！噹噹！」的聲響，爆出火花與矽膠碎屑。她們擋在我們這輛凱迪拉克與敵人之間——以自身為盾保護著我們。即使被子彈擊中也頂多只是搖晃一下，一點都不怕痛。

「露吉恩大人、蕾東達大人、加勒艾露大人……！」

風魔見到那情境忍不住慌張起來，不過……

「這是防禦機制。」「雖然會反擊。」「但只會使用聲波武器。」

那三臺機器人反而是向背後的我們表示『我們不會傷害敵人，放心吧。』的發言。

「——小金，快逃！」

我聽到聲音把頭轉過去，看到這次換成白雪從玄關跑出來……高舉著已經在冒煙的煙霧彈準備朝FBI擲出。

「白、白雪，妳等一下——」

我的叫聲來不及制止，白雪就「嘿！」一聲把煙霧彈丟出去。結果不出所料……在空中「噗嘶！」一聲冒出更多濃煙的煙霧彈朝我們的方向飛來啦！

白雪在『投擲東西』這項行為上可說是遜到絕望的地步。在體育測驗的擲手球項目甚至有過明明往前丟球卻往後飛，創下負六公尺紀錄的傳說。這副德行居然還能當排球社的社長，真的有夠不可思議。

煙霧彈「嘶嘶」地冒著白煙掉進凱迪拉克的後座，害這輛車好不容易重新發動了卻拉出一條煙霧尾巴，這樣很難逃跑啊！

「風魔，把煙霧彈撿起來丟到路旁去！」

「遵命！燙、好燙是也！」

不過這一大片煙霧卻出乎預料地隱藏了我們的身影。露吉恩她們確認這點後——朝再度開槍的FBI跑了過去。緊接著就從煙霧的另一頭傳來敵人們的慘叫聲……正當我感到擔心的時候，大概是那三臺機器人從敵人手中搶來的步槍忽然被丟進了這片煙霧中。槍上沒有沾黏什麼鮮血或肉片，所以應該沒問題才對。我想啦。

風魔接著從車後座站起身子……

「一、二、三——喝！」

把燙到沒辦法用手抓的煙霧彈像踢足球一樣挑球三下後，用力懸空射門。可是凱迪拉克這時剛好把車輪開上人行道，勉強鑽過倒下的廂型車旁邊並緊急轉彎……讓風魔差點順勢掉到馬路上，不過她靠著一記後空翻又回到後座，然後我用公主抱將她接住了。

——嘰嘰嘰嘰嘰————！

從平賀家的方向霎時傳來讓人想把耳朵塞起來的異質聲響。我在武偵高中的訓練中聽過好幾次所以知道，那就是露吉恩剛才說的聲波武器，是透過會影響人類平衡感的聲波頻率使對手喪失戰鬥意志的玩意。

就在我們疾馳於道路上準備通過第一個十字路口之前，我用煙霧子彈追加煙霧——GⅢ則是「喀鏘！喀鏘！」地切換排檔，又無視燈號又逆向行駛地不斷加速，到下一個十字路口轉彎了。

緊接著就是個平交道，不過運氣很好地在我們穿過之後柵欄就放了下來。我透過後照鏡看著一列長長的列車通過平交道的同時……我們的車子沿著一條左右兩邊是住宅與商店的道路朝北方開去。

「……看來是成功甩掉了。」

「哎呀，畢竟那群傢伙看起來應該是攻堅小隊。那種部隊要是讓隊伍拉得太長就會有遭到分散反擊的風險，所以基本上是不會一邊移動一邊戰鬥啦。」

正如GⅢ所說，FBI國家公安部的尋常組似乎覺得只要集中在一起戰鬥就能贏過對手，但是面對能夠移動的我們就沒有勝算的樣子。像我們從亞利桑那州的飛彈發射井一路到華盛頓DC的高速公路上，他們也都沒有對我們出手過。

也就是說，既然我們接下來不會再找地方躲藏——

「那麼下次要遇上的，大概又是即使我們在移動也能攻擊的那兩個傢伙啦。」

「我也剛好那樣想啊，老哥。從這裡開始要警戒的是貝茨姊妹。」

停車等紅燈的同時，我和GⅢ一起擺出『真受不了』的動作。就在這時……

我的手機忽然發出電子聲響。於是我看了一下號碼，是平賀同學打來的。

『——喂？遠山同學，你們沒事吧？FBI那些人已經順利被露吉恩她們趕走的啦。』

「哦～多虧大家協助，我們沒事。平賀同學沒受傷吧？剛才真是抱歉啦。」

『不會不會！文文反而要感謝你們的啦。這下露吉恩她們透過實戰測試過了，而且她們的眼部攝影機拍下的影片也能經由洛斯阿拉莫斯拿來向軍方宣傳的啦。』

總覺得平賀同學好像反而很開心的樣子，或者說她真會做生意啊。哎呀，既然就結果來說是好事，我也可以放心了。

「……白雪她們沒事吧？」

『星伽同學和ZⅡ小姐跟著露吉恩她們大鬧一場後，一副心情舒暢的樣子逃走了啦。兩人都逃往里奇蒙方向的啦。』

里奇蒙——也就是南方嗎？跟我們完全反方向，真是太太太好了。對我來說是一大好事。

反正那兩人似乎很合得來的樣子，真希望她們就這樣一路長途旅行到南美的圭亞那去算了。畢竟白雪似乎很想知道鴿子嘗起來是什麼味道，乾脆就去吃吃看據說是當地料理的紅酒燉鴿肉吧。這樣就不需要靠我知道那個味道啦。

4彈　放過難行，殺掉可惜

在華盛頓DC的北邊，我們沿著彎曲的洛克河往更北方走——進入了帕基諾老大告訴我們的T夫人住處所在的Ludlow Blunt路。

來到美國後我們經過了很多的荒野，不過這裡是一片森林。Ludlow Blunt路並不是像都市區那種左右都是建築物的街道，而是走在森林中的林道。

我們詢問了一下加油站的女性店員，T夫人住在這條路的什麼地方，結果對方告訴我們：「就在沿這條路一直往北走到底的地方。可是她幾乎不會現身，所以我也不知道她現在是不是還在那裡就是了。」於是我們照她所說地繼續沿林道往北開。兩旁剛開始還多少有幾棟的房子越來越少，到後來根本一棟房子都看不到了。

太陽也漸漸要下山，如今凱迪拉克可以說是完全走在森林中的狀態。

據GⅢ說「像這種路經常會有野生動物忽然冒出來」的樣子，因此我們把車開得很慢。

森林中不斷傳來鳥叫聲，透過樹木間的縫隙偶爾可以看到另一頭的河畔。

周圍都是樹木與泥土的氣味，我個人是覺得開起來很舒服，很喜歡這樣的路。

「──真是漂亮的森林是也。」

「T夫人……就住在這片森林深處啊。」

風魔和我坐在車後座，姑且持續注意周圍狀況。

不過話說回來……雖然是老弟在駕駛，但這狀況感覺就像我跟風魔在沒有人煙的美麗風景地方兜風一樣，有夠尷尬的。可是如果我換坐到副駕駛座又感覺像在刻意閃避風魔，所以從剛才爆發模式時坐上車之後我就一直跟風魔一起坐在後座了。

從手機地圖可以知道這條林道北邊並沒有再接到其他道路，而就在那個盡頭處有個看起來應該是房屋的標示。也就是說那裡大概就是T夫人的家了。另外在那房子前面還有一塊像是廣場的空間，這是什麼？在這種地方會有廣場嗎？

「……哦……」

穿過樹林看到那片廣場後，GⅢ便讓車子減速下來。

而我很快就知道他這麼做的原因了。

──是墳場。

在森林中有一塊開闊的場所，可以看到白色的十字架。彷彿被藏在森林深處的墳墓……不下五十或一百，數量相當多。

「在死者面前，從這裡開始我們改用走的吧。」

「說得也是。雖然建在很奇怪的地方……不過我想這裡應該是戰爭犧牲者的墳場。跟阿靈頓國家公墓一模一樣啊。」

我和GⅢ如此交談並停車後，與風魔一起下了車。畢竟車道也只有鋪設到這裡為止。

至於目的地的那棟房子還有一小段距離，似乎就在穿過這片草皮墳場的另一頭。這裡的墓碑不是只有基督教式的十字架，也有刻六芒星圖案的猶太教墓碑。

而上面記載的卒年月日——從美墨戰爭時代開始，有南北戰爭時代的墓，第一、第二次世界大戰時代的墓，越戰時代的墓……到這邊的數量都還不算多，到東西冷戰時代的墓就很多，然後到伊拉克戰爭時代又變少了。

「……看來這裡確實是戰爭犧牲者的墳場，但墳墓數量跟戰爭的規模卻不吻合。不但跟史實上的戰死者數量不成比例，而且冷戰時代反而最多。」

對於我這樣單純的疑問，GⅢ頓時露出有點寂寞的表情回答：

「雖然只是我的猜想，不過這裡埋的應該是殉職的超能力特務吧。之所以冷戰時代的死者特別多，是因為絕地計畫就是那段時期開始的。我聽說過當時在訓練或諜報戰中死了很多人……但沒想到有這麼多啊。」

為了美國而戰、為了美國而死的超能力者們——被國家徹底利用，但其存在即使到死後也依然被列為機密……無法被埋葬在正式的國家公墓，而是像藏起來一樣埋在這種地方。

「超能力者到死後依然還是接受這種待遇嗎？像ZⅡ也講過類似的話，該怎麼說……他們果然受到歧視啊。」

「光是有墳墓就已經算不錯了啦，咱們人工天才是連個墓都沒有啊。哎呀，不過也多虧有這片墳場，讓我們在這一帶地方不需要提防貝茨姊妹啦。畢竟是在這樣的場所，她們也不會隨便動手的。」

我們安靜交談並走在幾乎插滿十字架的這片地方之間……太陽下山後的森林變得一片黑暗，但也相對地讓我們看到了一道光。

在墳場更前方，基本上不會有人來訪的森林最深處——有一棟屋子透出帶有橘紅色的光芒。於是跟風魔走在一起的我與GⅢ都稍微整理了一下自己的服裝。

「那應該就是T夫人的家了……可是她為什麼要住在這種地方啊？」

「或許是個隱士之類的吧。」

我們如此講著悄悄話的同時——總算抵達了那棟大門雖古老但堅固的白色外牆房子前。

彷彿象徵這裡就是道路的盡頭般，還有一棵巨大的榆樹，像牆壁一樣長在那棟房子的後面。

……知道一九九九年被當成與伊藤茉斬交手時殉職的老爸之後的消息——有可能是我們現在要找到老爸唯一線索的T夫人，就住在這裡嗎？

——雖然在這樣偏僻的地方，這房子的造型卻很豪華。給人的印象有如西洋豪宅。感覺並不是像那種主張回歸大自然的人士住的家，屋外也能看到接收衛星電視訊號用的碟形天線。

「這房子……沒看到有車庫啊。明明蓋在這種地方，也太奇怪了。」

「附近的泥土地上也沒看到輪胎痕跡是也。」

「或許T夫人是從來不出門，像個家裡蹲的人物吧……」

透出晝光色燈光的房子中──聽不到有人的聲音。

我們走上大門前的一小段階梯，按下門鈴……之前，門鎖就「喀嚓」一聲打開了。

一方面基於安全上的理由，歐美國家的家門經常可以看到不是從門後親手打開，而是在別的地方按按鈕解除門鎖的類型。看來應該是有人從屋子內的什麼地方按下了按鈕，而且連我們是誰都沒問。

「……被看到了嗎？明明窗邊也沒看到人影的說。」

「在下靠近門前的時候也確認過了，這裡並沒有裝監視器是也。」

GⅢ與風魔疑惑地面面相覷，不過……

「既然沒有被趕走──就好意解釋成『對方歡迎我們』的意思吧。反正我們都來到這裡也沒有回頭的打算了，就進去吧。」

我說著──用現在踏在腳下的刮泥踏墊仔細把鞋底刮乾淨後，打開大門。

屋內的玄關處亮著燈光，正面牆上掛有色彩豐富的抽象畫。白色的牆壁與地上的地毯都看不到髒汙，還打開空調與空氣清淨機，非常衛生乾淨。

我一邊左右張望，一邊走在向左彎的走廊上。

這個家不但清潔乾淨、東西又少，給人某種像精神科或身心醫學科診所的印象。

接著在一扇應該是通往客廳的門前——可以感受到門後有人的氣息——於是我敲了敲門。

……沒有回應，不過……

「打擾了。」

我——還是打開了那扇白色的房門。

在小小的水晶吊燈照耀的寬敞房間內，有白色的桌椅、櫥櫃，以及插有鮮花的花瓶。其中最醒目的是書櫃，精裝書與平裝書加起來有千本以上。雖然書背上寫的書名都是俄羅斯文讓我看不懂，不過似乎都是文學小說的樣子。

然後——

在一張側對著我們的搖椅上坐著一名女性。

身穿寬鬆的白色連身長裙，一頭色素較淡的金髮……是個容貌美麗得有如藝術品的成人女性。

彷彿雪之女神般白皙的肌膚與這棟白色的屋子幾乎化為一體。雖然看起來很年輕，但實際上大概是四十歲上下吧。

那女性閉著眼睛，不過頭並沒有靠在椅背上，所以應該不是在睡覺。

「——妳就是T夫人吧？」

我首先開口確認後，對方側對著我、GⅢ與風魔，依然閉著眼睛——

「……這個時候……終於到來了嗎？」

用有點俄國腔調的英文小聲呢喃，白色的臉頰上……滑落一絲淚水。

我因此皺了一下眉頭，不過……

「首先讓我們對突然的拜訪表達歉意，並讓我們自我介紹一下。」

畢竟她應該就是T夫人沒錯，所以我繼續說了下去。

結果對方用細緻的手指擦掉淚痕後……面無表情地看向我。

金色的睫毛在水晶吊燈照耀下閃閃發亮，雙眼呈現瞳孔清楚可見的淡青色。

正當我覺得那對眼睛似乎在哪裡見過的時候——

「對我並不需要自我介紹，也不需要道歉。反而是我應該謝謝你。」

對方用白皙的手輕輕壓著那頭宛如一條發光緞帶似的金色長髮，對我如此說道。

那氣氛非常奇妙，就好像她已經跟我交談過一段時間似的。

「……？」

「因為我終於知道女兒活得很好，讓我安心多了……畢竟我跟丈夫離婚之後，已經好幾年沒見到茱莉亞了。」

……茱莉亞……

從對方口中冒出這個名字，讓我當場倒吸了一口氣。

——這位女性，跟我在成為這趟旅行出發點的新宿重逢的那位超能力搜查武偵——

時任茱莉亞長得非常神似。

T夫人。Madame T。時任（Tokitoh）夫人——

「風魔陽菜小姐，GⅢ先生，你們沒有必要估測我的戰鬥能力。我並不強，而且不要因為貝茨姊妹很好戰，就認為所有的超能力者都很好戰。」

彷彿在證明我注意到的事情似的，T夫人叫出我們並沒有自動報上的名字，並看穿了我方在想的事情。而且跟時任茱莉亞不一樣，她並沒有用手觸碰對象。

「……原來如此，看來我們確實不需要對妳自我介紹的樣子。GⅢ、風魔──這位女性的能力稱為『腦波計』，是能夠讀取對方腦袋的超能力者。」

聽到我如此說明後……

「也就是像洛嘉那種能力啊……」

GⅢ睜大眼睛，呻吟似地說道。可是我對他搖搖頭……

「洛嘉的超能力是讀取對方當下『思考』的能力。但T夫人剛才連我沒有在思考的東西──也就是連『記憶』都讀取了。這也就是說在她面前無論故意還是無意，任何事情都無法隱瞞的意思。你們要以此為前提進行對應。」

我對同行的兩人如此說明──T夫人也沒有表示否定。

她的能力即使不顯眼……但老實說，無論在軍事或政治上都比我至今遇過的任何超能力還要強大。雖然我不清楚她能夠掃描人腦的有效範圍多大，不過從剛才的狀況看來，T夫人至少能夠讀取到距離她五公尺處的人物腦袋。軍方高層或政治家們所知道的東西──無論是核彈的發射密碼，還是總統或國家主席的醜聞，她光是錯身而過就能全部知道。在某種意義上，她可說是情報戰時代中最強大的危險人物。

因此如果不把她丟在像這種沒人會接近的土地——恐怕連**放她活著都很難**吧。但是要殺掉又太可惜了。所以她才會被『收藏』在這樣的森林深處，如同以前被藏在沙漠發射井中的核彈。

就好像時任學姊總是被大家迴避一樣……T夫人她……以個人身分來說，想必連日常生活都無法過得正常吧。她之所以住在這種地方，或許有一方面也是為了她自己。T夫人有離婚經歷——也就是跟時任茉莉亞的父親離婚的事情，也讓人可以理解。雖然這樣講很失禮，但是像這樣的超能力者再怎麼想都不可能會有什麼順利的婚姻生活啊。

這位女性……因為自身擁有的能力而變得不幸了。雖然規模無法比較，不過她就跟因為爆發模式的關係別說是結婚了、甚至見到所有女性都像看到炸彈的我一樣。真教人同情呢。

「真是驚訝。居然能讀取別人的思考呀……」

風魔表現出T夫人肯定在至今的人生中已經反覆看過很多次的——驚訝、畏懼等等反應。這並不能怪風魔。隱藏自己的思考是身為一個人的權利。像是自己偷偷犯下的罪過，或是偷偷愛上了自己明知不應該愛上的對象等等——無論任何人，或多或少都隱藏有類似這樣的祕密。而所謂人生就是心中即便覺得愧疚或是丟臉，也要把這些祕密一路帶進自己的墳墓中。然而T夫人卻不允許這樣的事情。她就像神一樣會看穿一切。

（我認識時任茱莉亞，而老爸居然也認識T夫人啊……）

這樣的偶然讓我不禁覺得驚訝，但我很快又注意到這或許並非完全的偶然。

她們這對母女的能力——腦波計如果單論對人，可以發揮比夏洛克還優秀的洞察能力。像這樣不只能讀取對方的思考，甚至連記憶都能讀取的作弊級超能力者肯定非常稀少才對，搞不好全世界就只有她們兩個人。畢竟要是像這樣的人物到處都是，全世界的政治與軍事平衡絕對會完全被打亂的。

然後老爸的強度也是屬於作弊級的領域。作弊級人類的老爸與作弊級人類的T夫人會扯上關係反而可以說是一種必然。而我們試圖要接近那個等級的世界，而不得不依賴時任茱莉亞這個作弊級人類又是另一種必然。

而我們現在已經來到那個作弊級世界的邊緣。老爸就在這前方、這世界中……！

或許是身體不太好的緣故，T夫人用緩慢的動作從搖椅上起身……雖然表情缺乏變化，不過她的視線稍微往下別開，白皙的雙頰泛出紅暈。

「……你們見過帕基諾呀。」

帕基諾老大雖然對我們說過『就算跟對方見到面也不需要告訴對方關於自己的事情』，但現在是被對方讀取了記憶，我們也沒轍啊。抱歉了。我在心中默默對帕基諾老大道歉。

「如果你們下次再見到他，就幫我告訴他。我的母親明明有察覺到他的心意，卻一直選擇逃避，這想必傷害到他了。不過我母親會那樣是因為她知道帕基諾試圖脫離超禿師團，可是當時要從納粹德國逃亡出去是很困難的事情。因為帕基諾深愛著我的母親，想要把她一起救出去……而我母親為了不要成為他的絆腳石，所以才一直拒絕他的心意，假裝出討厭他的樣子。」

從時任茱莉亞跟T夫人的關係就能知道，那個「腦波計」的能力是會遺傳的。換句話說，T夫人的母親──帕基諾老大過去暗戀的那位女性應該也是相同的超能力者吧。而納粹德國當時肯定是想把那個力量用在戰爭上。

「……我雖然很想為了討好妳而跟妳說『我會轉告他』──但那樣只會被妳看穿，一點意義都沒有。所以恕我拒絕了。帕基諾老大對於自己要抱著被甩的回憶活下去的事情已經感到接受了，而我也覺得那樣比較像個男人。更何況我基於體質上的問題註定要過著與那種男女的事情無緣的人生，所以並不適任啊。」

我隱約暗示關於爆發模式的事情──也就是老爸同樣具有的特殊體質，試著將對話誘導向主題。

而對於我這樣的想法當然也能看穿的T夫人注視著我的臉……

「……你跟金叉先生真的很像。我不是說外觀，而是心靈。我雖然原本就知道金叉先生有兒子的事情，但實際見到面的感受還是不一樣呢。或許可以說，是心裡受到打擊吧。」

……她說出了跟以前茉斬在東京灣的發言很類似的話。雖然最後那部分她想表達的意義我聽得不是很懂就是了。

無論我還是大哥，在五官或體型上都跟老爸不太像……然而在個性上各自都有一部分很像。而會把這點用『心靈很像』這種方式表現出來，真不愧是腦波計啊。

「或許我沒有必要特地向妳說明，不過我們兄弟正在尋找老爸的下落。風魔則是在幫忙我們。我自認沒有做虧心事，所以我的腦袋就隨便妳讀取沒關係。」

「不用你說，我已經讀過了。我知道你們沒有害人之心，是真心在尋找那個人。所以……坐下吧。」

T夫人說著，坐到桌子旁的椅子上……

於是我們也圍到那張小桌子的另外三邊，坐了下來。

「——夫人，妳……究竟是老爹的什麼人？跟他是怎麼認識的？」

GⅢ開門見山如此詢問後，T夫人微微沉下眼皮述說起來：

「我和金叉先生的邂逅……是在我對俄羅斯聯邦安全局（FSB）的反人道職務感到厭倦而逃亡到美國的時候。身為親俄日本人學者的丈夫知道我有逃亡的意思時當場憤怒抓狂……於是我們就離婚了。而逃亡後的我成為了俄羅斯鎖定的目標，當時還年幼的茉莉亞則是和丈夫一起回到了日本。那是發生在一九九九年的事情。」

——一九九九年。當年也發生了另外一起跟老爸有關係的重要事件。

「那一年……老爸在東京的美國大使館門前與茉斬針對一名CIA對日間諜的處理起了衝突——茉斬主張要當場殺害，老爸則認為應該逮捕再提起公訴——於是兩人交戰起來。而在公開發表上，老爸被當成在那場戰鬥的途中病死了。」

我告訴風魔這件事情後，T夫人點點頭。

「當時的駐日美國大使向駐日美軍請求協助，要他們搬送從日本公安警察的暗殺者手中拯救了CIA職員的金叉先生。橫田基地的美軍醫院答應了請求，而就在他們派遣救援直升機運送金叉先生的時候……發生了奇妙的現象。機上醫師做出死亡診斷後過了幾分鐘，竟測到了一次心跳。這在醫學上是不可能發生的事情，因此醫師也不知該如何判斷才好，只能就這樣將金叉先生送到美軍醫院。結果在美軍醫院檢查出金叉先生有顱內血腫，於是進行了血腫摘除手術。在手術結束之後，每幾個小時就能測到一次心跳的金叉先生奇妙的昏睡狀態依然持續，到最後他就這樣被送到美國，只有死亡診斷書被送到了日本的檢察廳──」

幾個小時一次的心跳。果然──是擬奇屍啊。

西洋醫學是根據心跳、呼吸與腦波等等生命跡象來判定一個人的死亡與否，但對於「假死」這種生命跡象極度衰減的現象並不太了解。相對地在東洋醫學中，假死是很古早以前──幾千年前就已經成立技術的東西。例如西藏的僧侶藉由深度冥想使生命跡象降低到一般數值的百分之三十，這種修行至今依然存在。而所謂的擬奇屍就是那樣的技術傳到日本後，遠山家鑽研出來的技巧。美軍醫院會感到無法理解也不能怪他們。

「美軍會把老爹送到美國絕對不是單純為了什麼人道救助，那肯定是為了洛斯阿拉莫斯尖端計畫──人工天才戰略啊。」

「……關於美軍並非單純站在人道立場的推理我也同意。雖然這樣講有點難聽，但我一點都不覺得美國會因為老爸救了關所以反過來救老爸。然而……就好像你的狀況一樣，人工天才只需要有DNA——也就是只需要些許的身體組織就能製作出來。因此他們把假死狀態的老爸送到美國肯定是有其他的計畫。」

聽到我這樣說，T夫人接著——

「就跟你們一樣，日本政府也沒有盲目相信美國的死亡診斷書。畢竟連遺體都沒歸還本國，因此他們推定金叉先生依然活著——駐日美國大使館那起事件後過了幾年，他們派遣了超人特務潛入美國。與其說是為了救出金叉先生，不如說是為了把他強奪回去。那個人物你也認識，就是叫『獅堂』的男人。」

……！前公安零課的三式，金剛力士的子孫——獅堂虎巖……！

「可是美國方面掌握到獅堂對於超能力者缺乏對應能力的弱點。結果那男人被當時的FBI超自然組狠狠修理了一頓，雖然最終抵達了金叉先生的面前，確認了他的存活……但因為沒有繼續戰鬥的力量，只好撤退了。」

原來如此，所以那傢伙會知道老爸的事情啊。另外——那傢伙在學園島避開跟希爾達交手，又把大門坊像保鑣一樣帶在身邊，就是從自己在美國被FBI的超能力者打敗的經驗中學習到的教訓。

「在二〇〇六年的美日首腦會談中，大隅總理與布希總統將大使館事件與獅堂的事情拿來當成政治交涉籌碼的一部分。最終結果讓金叉先生正式被讓渡給美國了。」

……老爸他……很強。

老爸的同僚甚至說過「在歷代武裝檢察官中也能排進前三強」這種話。一個人的強度到了那樣的程度——也會有「強得過頭」的時候。無關乎本人的意志，根據那個人物的行動甚至會對國際關係都產生影響。

老爸就是那種人物之一，而在日美之間被當成了一枚政治籌碼。擁有這張牌的國家，在後冷戰時代便能取得優勢。就跟眼前這位T夫人一樣。

然後原本是日本持有的那張牌，現在在美國手上。

「這下我知道老爹被送到美國的來龍去脈了，而或許這是妳在回答我之前必須先讓我們知道的事情——但是夫人，妳還沒有回答我的問題喔？」

GⅢ再度詢問，究竟T夫人是老爸的什麼人。

結果T夫人就——彷彿在回想過去般，閉上她那對有如寒冰的雙眼。

那動作緩慢而美麗到讓人的心都不禁顫動。接著……

「我……當時負責照顧金叉先生的生活。」

她說話的語氣聽起來就像她曾經是老爸的部下一樣。

然而美國不可能把這樣稀有的超能力者單純當成老爸的女僕。

恐怕T夫人是——負責在老爸身邊監視他的人物。

雖然從剛才這段話中我依然不清楚老爸會那樣做的動機，不過既然是原本為了日本奮戰的武裝檢察官跳槽成為美國的特務——就需要有人監視他，以免在關鍵時刻背叛美國。

而我這樣的想法肯定也被T夫人看穿了，但她沒有做出否定的反應。我並不會因此就判斷得到證明，不過就想成這個假說的可能性很高吧。

「對於妳……呃，老爸他、怎麼樣……」

為了從對話中感受到更多老爸的事情，結果我提出了這樣模模糊糊的問題後——

「……從以前開始，美國對於和政府有關係的超能力者都不是只有藏匿、保密而已，有時候也會因恐懼、不解或感到對自己不利而進行迫害。然而金叉先生的態度從初次見面那天就非常紳士……當時的我一方面也因為和前夫離婚的傷心……對於自己能夠和金叉先生在一起的事情感到非常幸運。雖然都已經是遙遠過去的回憶了……」

T夫人如此回答的語氣——聽起來就像在描述自己幸福的回憶。

「金叉先生對我完全不感到恐懼。他的心靈極為清淨，有如大地般寬宏，又抱有深不見底的堅強意志。我從來沒有遇過那樣優秀的人物。這個世界真的很遼闊，在遇到他之前……我從不知道這世上有那樣出色的人……不知道原來世上有那樣的幸福……」

到剛才都給人有點冰冷印象的T夫人光是描述起自己跟老爸的回憶，就看起來像心中的寒冰都漸漸融化了。原本不帶感情的聲音也變得溫暖起來。

話說……聽到有人對自己的父親抱持那麼好的印象，還真讓人有點害臊呢。

GⅢ似乎也跟我有同樣的感受，讓他剛剛還有點像在質問對方的態度都緩和下來——

「我還沒跟老爹見過面，所以有夠羨慕夫人的。話說為什麼那樣出色的人物會生出像老哥這樣小鼻子小眼睛的兒子啦？」

「不，這樣聽起來師父與他的父親大人非常酷似是也。」

並露出苦笑和風魔如此交談起來。

我被趁機講壞話的事情先擺到一邊，現場的氣氛因此變得緩和——

畢竟老爸從日本銷聲匿跡的來龍去脈，以及T夫人確實是老爸來到美國後的關係人物等等事情都獲得確認了……於是我做出再深入踏出一步的決心。

我必須詢問T夫人這個問題。

我必須讓她回答這個問題。

就好像拿起一把刀刺進現場緩和下來的氣氛般——

「——老爸他在哪裡？」

我開口如此詢問。

T夫人應該知道。

因為從剛才那段話聽起來，她是在美國與老爸最接近的人物之一。反過來說，要是連她都不知道，我們的搜索行動就等於要宣告失敗了。

GⅢ和風魔都明白這點，因此也閉上嘴巴……注視T夫人。

「……」

T夫人她——沉默了。

臉上也漸漸恢復原本的面無表情。

接著……一段漫長的沉默之後……

「──他死了。」

T夫人如此回答。

然後……

「是我殺了他的。因為合眾國的命令。所以他已經不在了。你們這段尋找他的旅行，到這裡就是終點了。」

她接著又這麼說道。

我們一路在尋找的老爸──已經不在了。

雖然曾經生存在美國，可是被眼前這位T夫人殺了。

「……」

我可以感受到GⅢ與風魔都很錯愕。

而我聽到這句話也只能沉默。

難以言喻的絕望感無聲無息地瀰漫這間白色的房間。

「我過去曾經背叛俄羅斯逃亡到美國來，因此我不能夠又背叛美國呀。對你們來說，我是殺父仇人──當你們接近這裡的時候，我就已經做好覺悟了。雖然內容簡短，不過我也寫好了要給茱莉亞的遺書。你們殺了我吧……我殺了這世上最出色的人物，請讓我以死賠罪，並多多少少償還自己的罪惡……」

T夫人的眼眶中——又再度溢出剛才見到我們時流下的淚水。

……我雖然不是什麼超能力者，但也明白了那眼淚的意義。

那並不是來自對死亡的恐懼，也不是來自她口中所說的贖罪心意。

她是……真的很喜歡老爸。而且肯定是以一名女性的眼光。

基於那份心意，所以她哭了。

對於自己殺害了心中所愛的對象，這樣可悲的命運，她哭了。

——從茉斬得到手的一張照片開始的這段旅行——

我請梅露愛特分析那張照片，讓GⅢ與風魔加入為夥伴，從日本來到美國。在洛杉磯碰到困難的搜查行動在帕基諾老大的協助下總算獲得進展，開車橫越好幾千公里，好不容易抵達了這座華盛頓DC。然而這趟旅行最後得到的是——

在一九九九年被當成已經喪命的老爸其實後來生存了一段時間，可是被眼前這位T夫人殺掉了……這樣的結果。

不過這是很常有的事情。偵探科也有教過，長期失蹤者在統計上已經死亡的機率是最高的。

貝茨姊妹也說過我們的老爸已經死了，而她們那段發言現在也被殺害了老爸的本人這樣『確切的情報來源』證實。

老爸他——已經死了。

可是……

「伊藤茉斬，T夫人。能夠和兩名各自殺害過自己父親的女性見面——這種事情應該前所未聞吧。不，肯定是空前絕後。」

我——臉上露出苦笑，並感受著內心難以壓抑的顫抖。

——**抓到線索了**。

透過我身為兒子所以能感受到的直覺。

「謝謝妳，T夫人。謝謝妳跟我說妳『殺了』我老爸。自從來到美國，這是我聽到最開心的一句話。」

我這麼說之後，GⅢ跟風魔都頓時露出「？」的眼神望向我。

至於能讀取我想法的T夫人則是——驚訝得睜大她那對被淚水沾溼的青色眼睛。

「正如妳現在感到驚訝的，對遠山家的男人來說『被殺』這種事情是家常便飯。也就是說，剛才那段話的意思是我老爸還在美國健健康康過他的日常生活。GⅢ，風魔，你們也別太小看老爸。遠山家可沒有光是被殺就結束的男人啊。」

最讓我感到開心的，是T夫人的語氣我似曾聽過。

——『他已經不在了』。

她這句發言的講法，莫名但確實地——與我曾經在某起事件聽過的相同發言非常相似。然後在那起事件的最後，那個人物生還了。

老爸還活著。雖然被殺了兩次，但是還活著。

另外這也是我在偵探科學過的東西。T夫人針對老爸描述時，在表現那些事情已經是往昔的地方會強調語氣，並不像帕基諾老大提到老爸時那樣自然描述往事的語調。

T夫人在**刻意強調她與老爸一起度過的時光已經是過去的事情**。既然老爸還活著，T夫人所說的『殺掉』就不能直接照字面上的意義去解讀。換句話說，她是想要隱瞞老爸還活著的事情。而她為此所強調的內容便帶有相反的意義。也就是她**在距今不算遙遠的過去曾見過老爸**。

——我們接近了。

我們來到這裡並沒有白費工夫。恐怕再走幾步就能到達老爸面前了。只要我們沒有在這邊退縮。

「……」

讀出我意志的T夫人——眼神變得嚴肅起來。

她就站在通往老爸面前的路上，最後的一道門前。

對於是否要放我們通行做出最後的判斷。

「你無論如何都想見到他嗎——即使他已經死了。即使一切都已經結束了。」

「死了又如何？我也死過兩、三次啊。結束了又如何？只要再開始就好啦。」

對於T夫人和我進行的這段幾乎可以說是超常的交談內容——GⅢ與風魔都表現得彷彿在聽神與神之間讓人難以理解的對話。

確實，這已經是超常的領域了。

畢竟是在詢問一名死者的下落啊。

但是對我來說，超常就是日常。老爸的日常也是一樣。

因此這並不是什麼難以理解的事情。

父親的日常，與兒子的日常。在那樣的日常之中讓父子見面，一點也不難理解。是可解的事情。

「我再問一次。老爸他在哪裡？」

「回答你之前，我先告訴你兩件事。」

T夫人她——在聽到父親第二度的死亡也沒放棄的我面前，看起來做出了覺悟。

在這樣的前提下，她似乎正感受到不安與畏懼。

她的表情彷彿在說，要是讓我們前往老爸所在的地方，她完全無法預測接下來究竟會發生什麼事。即便她在『解讀一個人的所有思考』這點上，甚至擁有比夏洛克還優秀的能力。

「第一，昨天晚上我接到FBI的聯絡，說你們可能會過來我這裡。另外也有命令我讀取 Enable 與GⅢ的思考後向他們報告。而我——沒有違抗這項命令的打算。」

這是在我知道她的能力時就猜想到的內容了。從 Mayfair 到 Ludlow Blunt 路的途中，FBI都沒有出手妨礙我們，應該就是為了利用T夫人的這個超能力讓他們在今後的行動上變得有利吧。既然如此，接下來——

「在你們通往 Orgo 之處的路上，肯定全部都有FBI在守著。另外他們應該也會考慮到防衛線被你們突破的可能性，而在你們絕對會到的場所——也就是 Orgo 的所在之處前安排貝茨姊妹鎮守。因此就算你們知道了Orgo所在的地方，無法抵達他面前的可能性也很高。雖然人員不同，但這就跟FBI把獅堂從美國擊退時是一樣的手法。」

不知為何把對老爸的稱呼改為『Orgo』，更不知為何在那樣稱呼他時聲音中帶有敵意的T夫人……首先對我們如此說道。

緊接著……她說出了驚人的發言：

「還有一點。Silent Orgo 昨晚來這個家拜訪過。」

……！

老爸他——

來過這裡……！

只跟我們差了一點點的時間……！

「他也接到FBI的情報，知道有人——也就是你們在追蹤他。而且在這樣的前提下，他告訴我『是否要讓對方與我見面，就交給妳判斷』之後，便前往自己工作的場所了。而我在看過你們的心靈之後，就在現在，我決定讓你們去跟 Orgo 見面了。」

老爸的工作——也就是來自美國國防部的任務。

我們剛開始要尋找老爸的時候，那任務的內容似乎是暗殺尼莫的樣子。不過尼莫在茉斬的聯絡下逃回了N的據點，因此老爸負責了下一個別的任務，而現在正前往那個任務現場。

「在美國的北方盡頭——紐約州與加拿大安大略省的邊界。Niagara Falls 的

Terrapin Point，就是 Orgo 的工作地點。工作時刻是明天晚上八點半，離現在二十四小時後。」

——Niagara Falls——

日文稱為『尼加拉瀑布』，世界最大的瀑布。

再二十四小時後，老爸就會在那裡。

雖然我不知道在那種觀光勝地究竟要做什麼工作，但反正見到面就會知道了。

然後在那之前，恐怕也會遇上貝茨姊妹。為了阻止我們與老爸接觸。

「再二十四個小時要到尼加拉瀑布，開車來得及嗎？」

我轉頭詢問GⅢ後，GⅢ似乎也剛好在計算時間而點點頭回答：「可以。不過要思考一下路徑就是了。」

而T夫人則是——

「雖然很遺憾，但以後應該不會再跟你們見到面了吧。畢竟和 Silent Orgo 見面——就是代表死亡的意思。我能說的就是以上這些了。送你們到外面吧。」

最後說出這段話，並搖曳著宛如發光緞帶般的金色秀髮……緩緩從椅子上起身了。

我們走出T夫人的房子時，屋外已經是徹底的黑夜。

這裡的緯度以日本來講大概跟仙台差不多，因此雖然是夏季但夜晚並不熱。森林中涼爽的感覺——在樹葉的沙沙聲襯托下更顯舒適。

T夫人與我們一起穿過超能力者們的墳場，走到紅紫色的凱迪拉克旁……靜靜望向夜空。坐上車的我們也跟著抬起頭，便看到一片閃耀的星空。

「再見了。雖然預知不是我的專門領域……不過你們今後想必還會遇上許多像貝茨姊妹或者我母親那樣的人吧。」

望著星空的T夫人說出這樣一句有點神祕的發言後……

「但是希望你們不要忘記。並不是所有那樣的存在都心懷惡意，都個性好戰。就好像並非所有人類都是那樣一樣……」

她這個講法——也許因為她自己本身也是超能力者的關係，感覺不同於美國政府的方針而比較靠近『門』派。

換句話說，就是跟我們現在傾向『門』的行動方向性一致。

或許就是因為這樣，她即使服從於美國，這次卻對我們表現出比較合作的態度吧。

「縱使是能知道人心的我，也不明白自己的心。為什麼現在——我看著你們會流下眼淚？肯定是因為……你們跟金叉先生很像吧。然後那樣的你們即將從這世上消失了……」

將視線放回我們身上的T夫人，那對碧眼又再度流出些許淚水。

看來她本性是個愛哭的人。我和GⅢ覺得至少道別時氣氛不要那麼難過，於是對T夫人露出笑臉……

「——對妳而言不需要的東西，是話語和眼淚。」

「剛才老哥也說過吧？咱們就算死也死不了。總有一天會再跟妳見到面的，雖然可能會是以敵人的身分啦。到時候……哎呀，拜託妳手下留情啊。」

語畢，GⅢ便發動凱迪拉克，大幅迴轉。

沿 Ludlow Blunt 路回去，開往尼加拉瀑布——也就是老爸的工作地點。

凱迪拉克行駛在夜晚的高速公路上，從華盛頓DC進入馬里蘭州。

「話說，接下來怎麼辦？通往尼加拉瀑布的路上肯定會有FBI的尋常組們聚集在關鍵地點。就算成功突破，被他們消耗過後的我們要是又遭到貝茨姊妹襲擊，只會落得像獅堂大叔那樣的下場啊。」

「就算能借用直升機或輕型飛機前往……美國警察感覺隨便都有武器可以擊落那種程度的航空器具是也。」

坐在副駕駛座的我與坐在後座的風魔如此商量討論的時候……

GⅢ把車子轉向朝東北方向的高速道路……

「既然陸路跟空路都NG，那就從水路啦。咱們先進入加拿大吧。」

同時說出這樣讓人感到意外的發言。

「加拿大？」

「從水路……嗎？」

「美國伸手可及的範圍就只到美國。貝茨姊妹好歹也是美國的偵查員，應該不會跨越國界還亂來。老爹會現身的Terrapin Point（鱉點）是位於瀑布上方的瞭望廣場，雖然是美國境內，不過尼加拉瀑布本身就位在分隔美國與加拿大的尼加拉河上。所以我們從加拿大那一側溯河接近瀑布，再從美國那一側上岸。這是我現在才想到的手法，T夫人也不會知道啦。」

——原來還有這招。FBI是美國的警察機關。因為行使警察公權力會關係到國家主權，所以並不能闖入其他國家內執行公務。只要從加拿大那一側前往尼加拉瀑布，就能避免在路上遭遇FBI和貝茨姊妹的襲擊。

這簡直就像下將棋時把棋子越到敵陣另一側，從背後攻擊王將的點子。下棋時如果做那種事只會被判犯規，但武偵沒什麼犯不犯規的嘛。

「可是那樣做不是會到瀑布的下方嗎？」

「區區瀑布而已，靠老哥的力量輕輕鬆鬆就能像鯉魚一樣逆流游上去吧。」

「誰辦得到啦！」

「我開開玩笑而已。尼加拉瀑布的周圍到處有挖隧道，讓人可以欣賞瀑布潭或瀑布內側。我們就從那些隧道上去。」

GⅢ說著，拿手機地圖給我們看——尼加拉瀑布周邊做為觀光勝地，各處都有鋪建設施，當中也確實有幾處像他所說的地方。

「好，那就用這個方案吧。不過……既然要先進入加拿大，我們怎麼越過國界？難道都沒有衛兵或圍牆之類的嗎？」

聽到我這麼詢問後……

「沒～有啦。八千九百公里那麼長的國界怎麼可能全部都有人監視嘛，經常還會有難民走路從荒野跨越國界哩。從美國開進去的車子也可以在加拿大境內行駛，所以連車牌都不用換。」

GⅢ告訴了我美加之間的國界其實監管挺隨便的事情。這麼說來，以前我也搭電車就越過了比利時跟荷蘭的國界。外國在這種國界上的感覺也跟島國的日本完全不一樣啊。

「從這裡過去的話，穿過加拿大的魁北克省是最短路徑了。」

GⅢ說著，踩下凱迪拉克的油門——

通往最終地點的路徑已經決定下來，而我另外也想到一件事，於是拿起手機打給茉斬。

轉為免持模式開到最大聲量的手機傳出 Bell Canada（加拿大電信公司）的待接鈴聲，響了七聲之後對方才總算接起來……

「喂，茉斬，我有一件事情要報告，一件事情要問妳——」

我開口用日文如此說道的時候……

『我現在恨不得醫藥的發展可以再進步一些呢。』

不聽人講話的女人茉斬居然講出這樣一句話蓋過我的發言。

「妳在講什麼啦？」

『真希望有哪間藥廠可以開發出治療白痴的藥。用餐時打電話來是讓人非常不愉快的事情喔。』

「打電話之前誰曉得妳是不是在吃飯啦！現在重要的是，首先我們查出老爸的下落了。ＥＤＴ（東部夏令時間）明天晚上八點，他會在尼加拉瀑布。」

在乾燥冷風吹颳的敞篷車上，我大聲如此說後——

『那就沒錯了。我現在也在多倫多。』

就跟我剛才想到的事情一樣，茉斬似乎依然在多倫多的樣子。

茉斬她……從很早之前就進入了加拿大的多倫多，甚至給人一種她是經由紐約幾乎直接前往那地方的印象。而多倫多與尼加拉瀑布就近在咫尺。

恐怕茉斬比我們還早就知道老爸會在尼加拉瀑布現身的事情。

她明明感覺也沒進行過什麼調查——究竟是怎麼知道這點的？

「什麼叫『那就沒錯了』？為什麼妳從一開始就知道要前往那裡？我記得妳之前在東京說過我們進行主動搜索，而妳要進行被動搜索什麼的——」

我對著手機激動大叫，可是……

『那我之後再說。』

茉斬還是老樣子，一點都沒有要跟我共享情報的意思。真是教人火大的女人。雖然教人火大，可是……

這代表茉斬透過跟我們不同的方法掌握了老爸的行蹤。換言之，老爸會前往尼加拉瀑布的情報這下得到了雙重確認。

Ｔ夫人的發言是陷阱的可能性可以排除了。

「小心我下次用戒指的事情欺負妳。總之——我們現在離開華盛頓ＤＣ了。通往瀑布的路上會有ＦＢＩ埋伏，所以我們決定經由陸路跨越國界，再從加拿大那一側沿尼加拉河往上游到瀑布的地方。妳也差不多該跟我們會合了吧？會合地點跟時間就……」

「就約在到瀑布前一點的地方吧。地點在安大略湖南岸的格里姆斯比，內勒斯海岸公園。時間抓早一點，約下午六點。」

GⅢ對著我的手機大聲如此說道。結果……

『——知道了。你們敢遲到我就殺了你們。』

茉斬丟下這句話便立刻切斷通話。

那傢伙真的是天上天下唯我獨尊啊。簡直是亞莉亞級。

不過總之她應該會過來的樣子。

我這時終於可以歇一口氣了。但是……

（……？）

到這邊的發展中，我感到有一點不對勁。

畢竟現在不是爆發模式，所以我不知道詳細內容。不過……

總有一種**順序很奇怪**的感覺。從東京一路到這邊，好像有什麼事物排列得不正確的樣子。到底是什麼？

「……」

反正現在只是在坐車，多的是時間，於是我交抱手臂思考起來。結果——

「師父，請問你是怎麼了？眉頭皺成那樣……是想小解嗎？」

「呃、喂，老哥，高速道路上可沒有廁所啊。要是你在車上放洪水——」

一臉擔心的風魔跟居然真的以為哥哥已經十八歲還會尿褲子而臉色發青的GIII，分別做出了這樣的反應。

「我說你們啊，我動腦筋想事情真的有那麼稀奇嗎？嗯……？洪水……水……」

——對了，就是「水」啊。

一路從東京、洛杉磯連結到華盛頓DC的這條搜索線上，唯有這點沒有正確連上。

在東京時，時任茱莉亞從關步的腦中讀取到「很大一片水」這項情報，說那是老爸所在的地方。

那該不會就是指尼加拉瀑布吧？

這樣一想，乍看之下好像很正確，可是……那是發生在茱斬聯絡尼莫，讓尼莫躲到N的據點之前的事情。

尼莫因為茱斬的聯絡而逃亡，讓老爸的尼莫暗殺任務沒了。

既然任務改變，地點當然也會改變。可是老爸的工作場所卻依然是「一大片水」的地方沒變。這狀況讓人感到有點不對勁。

……我雖然這麼想，不過……

（……不……）

也許老爸只是從別的水域地區移動到尼加拉瀑布，或者在尼加拉瀑布附近有老爸的據點——等等，讓這個條件成立的狀況要多少有多少。

這應該是我身為偵探科出身者的壞習慣，把事情想太複雜了吧。或許。

5彈　寸步不退

在沒有鋪設道路的草原上，我們忍受著震動造成的屁股疼痛——關掉車燈的凱迪拉克在黎明前越過了國界。一如GⅢ所說，國界處連個柵欄都沒有，讓人都不曉得究竟是什麼時候進入加拿大的。不過我們偷偷開上車道之後，就能看到道路標誌的單位從英里變成了公里，可見這裡確實是加拿大境內了。

我們的車子繼續行駛，在上午十一點半抵達了位於安大略湖畔的一座小鎮——格里姆斯比。只要從這座湖坐船進入尼加拉河再逆流而上，就能抵達尼加拉瀑布了。

在有如大海般遼闊的安大略湖旁邊可以眺望湖面的內勒斯海岸公園，我們把車停到停車場後，吃完事先在美國買來的漢堡，並輪流補眠……

「喂，老哥醒醒。惡女來啦。」

被GⅢ用手肘抵了一下的我醒過來時，已經是跟茉斬約好的下午六點了。

在因為緯度較高所以這時還很耀眼的藍天下，我揉一揉剛睡醒的眼睛，望向彷彿一路延伸到消失點的湖畔道路——便看到一輛騎士沒戴安全帽的機車……杜卡迪848從西邊朝我們接近。不用跟風魔借望遠鏡就能知道，那是大衣與黑髮隨風擺盪的茉

斬——

她騎進停車場停到凱迪拉克車旁後，也不打聲招呼就下了機車。

可惡，她還是老樣子這麼漂亮，跟那輛大紅色的運動型機車也超搭的。不過……

「妳也太危險了吧？至少給我戴頂安全帽啊。小心頭髮被捲到輪胎裡，還有那件大衣也是。」

對美女態度冷淡而出名的我，針對交通規則小唸了她幾句。

「我又不是你，才不會犯那種蠢事。而且這件大衣是京化的量身訂製品，防彈防刃，我也很喜歡。我可沒有把它換掉的想法。」

京化——京菱化纖嗎？跟我的防彈襯衫是同一家製造商啊。不過這事情先擺到一邊……

「茉斬，我就直截了當問妳。妳從一開始就在尼加拉瀑布的附近，妳是怎麼知道老爸——」

「花時間解釋那種事情有什麼意義嗎？我也沒有要說明的意思。到了那邊之後根據需要我會再跟你講。」

對於感到奇怪而詢問的我，茉斬同樣態度冷淡。

話說她最近心情好像很差啊。自從我在安那翰聯絡她之後一直都這樣。

雖然我也可以用戒指的事情威脅她，但要是不小心讓她心情更差，在這邊爆發爭執後分道揚鑣也不太好。真沒轍，這件事就等之後再質問她吧。

「──然後呢？遠山金叉的情婦有好好殺掉嗎？」

「為什麼要把提供協助的對象殺掉才行啦？雖然對方不是完全的自己人，但也不是那麼有害的人物啊。」

為了避免茉斬貿然行動，GⅢ避開T夫人的名字如此說道後……

「情報就像卡牌一樣。既然已經從對方手中移到自己手中，就應該立刻把對方的牌消滅掉呀。」

茉斬瞥眼看向我們，彷彿在責備說『你們這群沒經驗的小夥子』一樣。

可是──

茉斬她撒謊了。

她認為應該殺掉對方的主張，並不是基於保持機密。雖然我不清楚她的深意是什麼。

雖然我是如今才注意到，茉斬似乎是個極為擅長說謊的女人，然而剛才卻因為參雜了什麼感情結果被我看穿了。要不是我在偵探科被高天原老師用指示棒戳鼻子戳眼睛磨練出來，應該也沒辦法識破就是了。

「而且為了老爸的名譽我要提出糾正，那女性並不是什麼情婦。她跟老爸是互為專家的協力者，大約就跟妳和我的關係一樣。」

我觀察著茉斬的臉色並如此補充說明後……

「哦～？那是就算我方的情報被掌握也完全沒問題的對象嗎？」

……咦？我因為有仔細觀察所以發現……她怎麼好像忽然心情變好的樣子？

「呃不，也沒有確信到那種程度啦……」

「那就事後去把她殺掉。美國人死了幾個我都沒問題。」

「有問題好嗎！還有，妳那種因為是哪國人就怎樣的思考方式很不好喔。聖德太子不是也說過了？天在人之上不造人，在人之下亦不造人。」

「那句話是福澤諭吉說的吧？」

茉斬剛才——雖然又說要把對方殺掉，但這次聽起來卻像在開玩笑。

感覺她之後應該不會擅自去把T夫人找出來殺掉了。

「茉斬，如果妳身上有諭吉——不對，有羅伯特·博登的話就拿出來（註4）。我約在這裡會合就是為了買船。」

聽到GⅢ這麼說……

「我們這次必須沿河過去應該是你們被FBI盯上的錯吧？」

茉斬雖然抱怨了一下……但最終還是從大衣口袋中掏出了超厚一疊鈔票。讓女人出錢的男人會被討厭——這是茉斬曾經說過的發言，看來這下要恭喜GⅢ也被茉斬討厭啦。不自覺就能做出讓女性討厭的行動，真不愧是我的老弟。有其兄必有其弟呢。

註4　福澤諭吉與羅伯特·博登分別為日本一萬元鈔票及加拿大一百元鈔票上的肖像人物。

GⅢ向湖畔的觀光公司交涉，最後總算分到一艘船——是幾乎要報廢淘汰前的破爛遊覽船。而且乘載人數是二十人，船身大得一點意義都沒有。

「那個混帳店長，居然趁機敲詐……這邊的錢幾乎都被拿走，只剩下一點零頭啦。」

「畢竟詳細用途不能講，身分證件也不給看，又要現在立刻買，會這樣也是沒辦法的事。光是人家願意賣給我們就該感謝對方了吧。你記得也要聯絡租車公司喔？」

我對嘴上埋怨的GⅢ如此說著——並輕輕撫摸從洛杉磯機場一路隨我們到這座安大略湖來的深紅紫色凱迪拉克 Eldorado 敞篷版。這段漫長的地獄之路讓它車身到處凹陷，還好當初我們有加保險呢。

我們與一起變成了貧窮人的茉斬，走上位於內勒斯海岸公園北端的棧橋——坐進遊覽船。

話說這艘船……

雖然是用柴油引擎，但推進器卻不是螺旋槳，而是在船身左右兩側裝有像大型水車一樣的外輪推動船身的——外輪船。看來因為是給觀光客搭的遊覽船，所以在外觀上模仿成蒸汽船的樣子。船舷處就像十九世紀的河船一樣堆了好幾個維持平衡用的大沙袋，船尾還有模仿成煙囪外型的排氣管，這玩意真的有辦法開到瀑布去嗎？甲板下的客艙是像水上巴士一樣排列有幾張長椅子的大房間，但甲板上的船室卻是只有在四根柱子上披一塊布遮陽而已的簡易帳篷啊。

在位於船尾處完全外露的操縱席上——

「只要跟你組隊，就經常會碰到這種古早時代的玩意啊。像桑德斯爺爺的蒸汽火車也是。你會開船嗎？」

「這船雖然外觀復古，但內在完全是現代船隻啦。開船我是沒問題，只不過尼加拉河的淺灘很多。為了不要觸礁必須小心翼翼慢慢開，這點讓人很難受就是了……」

「說到底，這艘船本來就開不快吧？」

「是沒錯啦，但還是希望能開快一點啊。因為這艘船也有被貼在網路上標售，如果在店家買賣成立也會被公開在網頁上。畢竟距離老爹現身鰲點已經沒什麼時間了，我沒空想辦法在這點上瞞混過去。而ＦＢＩ也有監視網路，所以我們會溯河過去的事情大概已經被發現了。」

「就算被發現，對他們來說也已經太遲啦。他們本來是埋伏在陸路，要集合到河岸來也需要時間。只有貝茨姊妹應該是守在瀑布附近所以或許趕得過來，但河川上又不像飛彈發射井那樣有什麼危險物體。用不著害怕啦。」

「如果真是那樣就好了。哎呀，祈禱上天保佑吧。」

我和ＧⅢ如此交談的同時，ＧⅢ握著直徑約一公尺的木製操舵輪讓船離岸了。

兩舷式的外輪船吃水線很淺，船底形狀就像一塊板子浮在水面上——因此非常安定。人在船上可以站得很穩，感覺應該不會暈船。

……噗！噗！噗！……大概是故意做的效果吧，從煙囪發出了根本沒有必要的聲音。剛才提過以前在內華達州的荒野上搭蒸汽火車時留下的恐怖記憶都不禁湧上腦海了呢。當時那輛 Trans-Am 號又是爆炸又是翻車的，碰上一堆麻煩啊。希望這次這艘船不要也變成那樣——於是我效法GⅢ，姑且向上天祈禱。雖然上天聽到我祈禱的機率非常低啦。

在還很明亮的太陽底下——我們因為要佯裝成遊覽船所以速度只能開到十五節，不過我們的船航行得非常順利。

從面積跟日本四國差不多大的安大略湖南端，進入河寬目測五百公尺左右的尼加拉河——航向大致區分為兩個部分的尼加拉瀑布之中的美國瀑布。不過那瀑布位於從這裡往南大約二十公里的地方，靠這船速應該需要花上將近一個小時吧。

在武偵高中的偵查敵人成績優秀的風魔負責在船艏監視前方，茉斬在右舷前方，我則是站在左舷後方觀察周圍。可是……畢竟這裡不只瀑布，尼加拉河也同樣是觀光勝地，跟我們錯身而過的遊覽船上還會有乘客向我們招手。另外這艘船雖然破舊，但外輪船本身就很稀奇的緣故，還有小孩子們在遊艇上對我們的船拍照呢。讓人緊張感都沒了。

「這一帶看起來應該不用擔心觸礁吧。」

「接下來才危險啦。不過——老哥你看前方，那就是我們的目的地。」

我順著GⅢ的手指望向尼加拉河前方，在南方遠處……可以看到像雲一樣的水蒸氣從地表往上飄。雖然還看不到落下的水，不過那就是瀑布形成的水霧是吧。明明距離還很遠就能看得到水霧，可見瀑布規模大到超乎想像。然後——我們現在就是航向那地方。沿雄偉的尼加拉河不斷往南，再往南。

大約沿河南下二十分鐘左右後，河寬開始逐漸變窄。不同於可以看到許多遊艇港或棧橋的河口區，這裡放眼望去的河岸都漸漸變得到處是岩石。

在河寬縮到約兩百公尺的地方穿過一座橋下之後，河川右岸便能看到一座高幾十公尺、寬幾百公尺，被太陽照耀的水泥高牆。雖然現在沒有放水，不過那就是安大略水力發電廠了。根據地圖，到這裡就算通往瀑布一半以上的航程了。

再前方的河寬又縮得更窄，與我們逆向的河水流速也變得更快。偶爾也能開始見到露出水面的危險岩石。距離瀑布剩下四公里——

明明天空晴朗，卻能聽到有如遠方打雷的聲音。隨著我們溯河而上，剩下三公里、兩公里距離，那有如不停息的雷聲也越來越大聲。

就在來到距離瀑布剩下一點五公里的地方，從彎曲蛇行的河岸岩壁旁……我看見了那個聲音的來源。

在左前方的美國河岸，以及右前方的加拿大河岸……

……隆隆隆隆隆隆隆隆隆隆……

讓河面濺起的水花有如積雨雲的那個就是——

（Niagara Falls……）

——世界三大瀑布之一，尼加拉瀑布。

一如原住民為它取的名字『雷神之水』顯示，從剛才就聽到像無止盡的雷聲……現在甚至有如暴風雨般震撼空氣的巨響，就是那瀑布的落水聲。

在左岸岩壁處呈現拋物線狀，不斷落下的水有如一座座巨塔的是寬三百三十公尺、高五十八公尺的美國瀑布；擋在航線前方的馬蹄形大瀑布，則是寬六百七十五公尺、高五十六公尺的加拿大瀑布。而我們的目的地鱉點，就位於河中間分隔這兩座瀑布的山羊島上。

「就快到了……」

對每小時一百億公升——約八點五座東京巨蛋體積的水轟隆轟隆落下來的景象感到震撼的同時，我如此小聲呢喃。一分一秒接近的瀑布在半空中形成白色的泡沫，落到河面的水在陽光折射下映出充滿神祕感的碧青色。明明這裡距離瀑布還有一公里以上，像雲朵一樣的水花就已經能乘著風飛到我們船上。真想穿件雨衣呢。

「——老哥，咱們現在航行在加拿大這邊，是不是差不多要進入美國那邊準備上岸了？這條河從中央分成兩半，西半邊是加拿大，東半邊是美國。你看那塊岩石，仔細看上面是不是有用油漆畫線？那就是剛好在國界上的岩石了。」

我聽GⅢ這麼說而仔細觀察，確實可以看到那樣的岩石，以及為了標示國界而排列成直線的浮標。國界設在河川上，這也是在日本見不到的情境。

「好……那就進入美國那一邊，往瀑布——」

在瀑布的巨響中，正當我大聲如此說道的時候……

「──越境稍緩。十一點鐘方向，目測距離一公里處，有可疑的小船……！」

在船艄用望遠鏡偵查的風魔，忽然把手掌伸向後面制止我們。

準備把舵轉向左邊的GⅢ因此又把舵轉回來，讓船留在加拿大境內。

在河的前方──一艘小型的水上警艇躲在瀑布形成的水蒸氣雲霧中，就在被我方發現的同時起步了。我趕緊跑到風魔旁邊，借來望遠鏡確認……

「……是貝茨姊妹……！」

她們依然穿著洛杉磯警察的卡其色女警服，短髮鮑伯頭的頭髮隨風鼓起，一人坐在操縱席，一人站在船艄。背對著瀑布的水霧，沿美國境內的河面朝下游而來。

「那就是貝茨姊妹呀。」

茉斬如此說著並走向船艄──

「雖然從這裡分不清楚誰是誰，不過她們就是諾瑪．貝茨跟珊蒂．貝茨。她們會使用隔空移動物體的能力──也就是強大的念力。我們之前在亞利桑那州的一座飛彈發射井內被她們移動廢鐵和鋼架而經歷了一場苦戰，但是在什麼東西都沒有的水上很難預測她們究竟要怎麼使用那個能力。另外雖然不算很熟練，不過她們也能低空飛行。老實講，是兩個對付起來很棘手的傢伙。」

在我如此說明的同時，風魔用望遠鏡仔細觀察那艘警艇的背後與周圍並告訴我們：

「敵方船隻僅有一艘兩人座的小型高速艇，沒有其他州警助陣是也。」

「看來FBI在華盛頓DC已經得到教訓，知道靠普通的警察沒辦法抓到我們。GⅢ，我們繼續沿加拿大境內往前航行。畢竟貝茨姊妹看來好歹也算警察——我們就從她們無法越境攻擊的加拿大境內一路往上游到瀑布的地方，找找看岩石或落水之類地形上對我們較有利的場所，再一口氣入侵到美國境內。上岸時或是貝茨姊妹進到加拿大境內的時候，由我和茉斬開槍驅離她們。不過那對姊妹有用念力擾亂我方瞄準目標的可能性。為了防止到時候無法順利驅離，風魔先躲在甲板下的船艙。要是貝茨姊妹入侵這艘船上，妳就找機會發動奇襲。」

我對所有人發出指示後，風魔低聲說了一句「遵命，祝師父好運。」——然後將她那條像圍巾一樣的遮口布拉起來遮住臉蛋的下半部分，從階梯走到甲板下。

對於這種像是調離前線的伏兵任務……風魔還是接受了。她大概也明白自己只能靠這樣做出貢獻吧。想到她一直希望自己有機會活躍表現的心情就讓我不禁感到有點心疼，但現在最優先的事項是贏過對手。

擔任操舵手兼後衛的GⅢ，將一小片紅色的腦內神經傳導物質亢奮劑含入口中。

我們這艘外輪船沿著河川的加拿大境內繼續航行，朝著前方的尼加拉瀑布前進。

貝茨姊妹那艘警艇則是巧妙地躲開岩石，背對著瀑布沿美國境內朝下游而來。

看來果然是沒辦法在加拿大亂來的美國偵查員姊妹沒有越過國界，也沒有開槍越境攻擊。不過既然她們會朝我們直衝而來，代表她們可能有什麼手段。不能大意。

面對那樣的貝茨姊妹，在船艄負責擔任前鋒的——是我和茉斬。

當初見面時真的做夢都沒想到我會跟她組隊。

「……護衛艦那時候也是在水上啊。」

「當時我們互相是敵人。跟那樣的我組隊，你有辦法冷靜戰鬥嗎？」

「看來妳還不了解我這個人。無論風魔還是GIII——現在這艘船上的所有人，剛開始都跟我是敵人啦。」

話說回來，我的人生也真是奇妙，居然會跟殺過自己父親的女人站在一起呢。

不過茉斬是個從十四歲就成為前公安零課的四式一路戰鬥，後來又加入N長年來當恐怖分子的女人。戰鬥力自然不用說，戰鬥經驗應該也在我之上。在這點上就感覺很可靠了。當她是自己人的時候啦。

「要觀察、對方的行動、做出應對喔。」

茉斬的語調——改變了。

瞥眼就能瞄到，她的眼神也有改變。是把多重腦提升了。面對據說讓我們陷入苦戰的貝茨姊妹，她從一開始就升到了第六層。

我也——

（——要思考怎麼進入爆發模式啦。）

在飛彈發射井的時候是因為那對裙子守不緊的美國警察姊妹讓我得以補充血流，但是現在大概只能靠幻夢爆發了吧。然而就像茉斬所說，這次的戰鬥在開始交手之前會有一段觀察對方行動的時間，也會有演變成雙方隔著國界僵持不下的可能性。

幻夢爆發比起普通的爆發模式要容易冷卻。要是現在就急著進入，結果到戰鬥開始時衰減下去就會很危險。可是要進入幻夢爆發又需要一定程度的安靜狀況，所以等戰鬥開始之後才想進入就太遲了。進入爆發的適當時機非常難抓——

畢竟我們最終還是要跨越國界到美國境內才行，所以必須戰鬥的時候絕對會到來。而萬一那時候的我是普通狀態下的我，就算有茉斬肯定也會打得很吃力。

就在這時……

「……？」

茉斬忽然皺起眉頭——我也注意到這艘船的航行路徑有異狀。

我們的航線正轉向美國，逐漸靠近水上的國界。

——不妙。

要是我們進入美國境內，就可能遭到貝茨姊妹攻擊了……！

「GⅢ，轉舵！往右啊！這樣會被貝茨姊妹——」

「舵已經轉到最大了！但船身還是——一直往左靠啊！該死！這不是因為水流的關係……是貝茨姊妹的力量！」

我轉頭大叫後，GⅢ用傷腦筋的聲音如此回應。

當我注意到時——這艘船已經航行在突出水面的岩石上用油漆寫有BORDER（國界）以及白線的左側……也就是說……

「──我們已經在美國境內了！你想辦法讓船回到加拿大啊ＧⅢ！」

在我如此大叫的同時，貝茨姊妹繼續縮短與我們之間的距離。

其中站在船艏的一人──輕輕飄起的銀髮底下露出右耳發亮的蹄鐵型耳環。是諾瑪──把雙手舉向我們這邊。果然是用念力把我們的船拉到美國境內的。

如今雙方的船進入正面衝撞的航線，距離不到五百公尺了。

就在還沒進入爆發模式的我畏縮地把手伸向貝瑞塔的時候──

茉斬倒是往前踏出一步……

「──既然、越過了國界、不是反而、很剛好、嗎？」

一身長風衣隨風擺盪的背影用凜然的聲音對我如此說道。

面對一分一秒逼近的貝茨姊妹，她睥睨似地注視著對方。

「你們同樣、是、法律的走狗。能遵守的法規、就會想遵守。現在跟敵人、在同一個、國家──反而、比較好出手。要這樣思考、才行。」

「我剛才說明過了吧！那對姊妹有強大的超能力──」

「超能力、這種東西、我已經、看慣了。你們也、跟我、一樣──是除了戰鬥、什麼都不會、的存在。現在、讓我們、戰鬥、的機會、到來了。來、動手、吧。」

面對著敵人的茉斬說話的聲音，讓人感受到某種像神明般的感覺。

茉斬她──年幼時就被日本政府徵召成為滅絕外患的暗殺者。她的青春都被戰鬥塗成一片黑，她的眼中只看得到敵人。獲得讓人聯想到『死』的四式之名，公安的美麗死神……隨著時代變遷遭到國家背叛，失去了容身之處。

如今的茉斬就像為了追求戰場而在世界徘徊，有如亡靈般的恐怖分子。彷彿唯有戰鬥才是其存在理由似的，其姿態也唯有在敵人面前才綻放出黑暗的光彩。

以船的外輪濺起的水花為背景，茉斬全身呈現自然狀態。看似沒有施力的左右十根手指裝有十發子彈。不可知的子彈。她打算只要貝茨姊妹進入半徑五十公尺以內——也就是她的射程範圍內，就靠那招先發制人，一口氣做出了斷。

而這個戰術毫無疑問會成功。不可知子彈雖然是空氣子彈，但威力足以匹敵麥格農彈——而且一如其名，沒辦法輕易察覺。從沒見識過這招的貝茨姊妹就更不用說了。那對姊妹雖然有讓對手開槍射偏的招式，不過照我的觀察，那必須將注意力放到槍上才能辦到。而就算是惡魔，也沒辦法把注意力放到根本沒有察覺到的東西上啊。

「妳可別殺了對方喔？」

「誰曉得、會怎樣、呢？」

我與茉斬簡短對話的同時——互相面對面的這艘船與水上警艇之間的距離縮短到三百公尺了。貝茨姊妹這次也許是打算完全靠超能力而沒有帶槍的樣子，即使現在雙方都在美國境內，她們也沒有把槍拔出來。只要照這狀況繼續接近，茉斬的不可知子彈就能無條件地全數發射掃蕩對手。這下贏啦，根本就不需要我進入幻夢爆發。茉斬的存在出乎預料地成為我方的祕密武器了。

正當我如此鬆一口氣的時候……

坐在警艇操舵席上的珊蒂停下操舵動作。

警艇大概是切換成自動操舵的關係，依然不偏不倚地直直朝我們逼近。

「……？」

仔細一看，珊蒂接著舉起某種像黑色西瓜的玩意。從她的動作看來，那玩意相當重的樣子。

那是……砲彈。但並不是現代那種錐栗型的長砲彈，而是約十九世紀時使用的球形砲彈。

「那是啥啦，南北戰爭時代的遺物嗎？又沒有大砲，難不成是想當成鉛球投擲？」

在操舵席的GⅢ嗤之以鼻……確實如他所說，那艘水上警艇上看不到可以發射砲彈用的大砲。

也就是說，對方打算用超能力投擲砲彈嗎？但是貝茨姊妹的念力對於有重量的東西是發揮像重型機械的效果。真要講起來，就是彷彿在操縱肉眼看不見的工程機械般的能力。

就算她們使用那個力量靈巧操縱什麼看不見的怪手車投擲那顆砲彈——頂多也只能讓砲彈畫出一道很低的拋物線掉下來而已。

我們這艘船雖然裝飾和塗色上看起來像木造船，但從搭上船的瞬間我就從腳步聲可以知道它是鋼鐵製造的。因此被那種砲彈擊中頂多也只是表面凹陷，應該不至於到被打破一個洞的程度。

就在這時，我們的船忽然把航線往右轉了。基於外輪船結構上的因素，雖然並不是急速轉彎——但確實轉回了朝加拿大的方向。然而我們早已進入美國境內相當一段距離，要再度跨越國界大概還需要二十秒左右的時間。

「船舵變得聽話啦。可見貝茨姊妹切換了，老哥小心砲彈啊。」

GⅢ所說的『切換』應該是指念力的目標物吧。而現在也能透過視覺知道這點。珊蒂全身側對著我們，手臂左右平舉，把砲彈拿在伸直的右手上。諾瑪則是與珊蒂面對面擺出同樣的姿勢，用左手與珊蒂的右手一起夾住砲彈。靠那種姿勢應該不可能拿得住看起來那麼重的東西才對——一如我這樣的想法，那顆砲彈其實是飄浮在那兩人的手掌之間微微顫動。她們是靠念力抓著那顆砲彈的。

剛剛我們這艘船的船舵變得不聽話，是由於諾瑪施展的念力。而現在諾瑪大概是認為已經把我們拖進美國境內足夠的距離，所以把自己的力量切換到與珊蒂的合力攻擊——也就是用在砲彈投擲上了吧。

「不要怕。那種玩意只要等掉下來的時候躲開就——」

正當我如此說道的時候——

——咻啪————！

砲彈滑過貝茨姊妹伸直的手臂之間，順勢以超高速朝我們飛來。那根本不是投擲，而是發射——而且比一般砲彈還要快——！

「——嗚——！」

不是爆發模式下的我來不及拔槍。不，就算來得及拔槍，對那種速度、那種質量的砲彈也沒辦法使用彈子戲法。手槍子彈的質量完全不夠，茉斬的不可知子彈想必也是一樣。那樣只會像是燕子用身體撞擊直衝而來的大象而已——

不帶旋轉力道飛來的砲彈簡直是前所未見的亂飄球，不斷變換角度呈現出詭異的飛行軌跡，也因此讓人難以預測彈著點。是我嗎？茉斬嗎？GⅢ嗎？還是船身——完全不知道……！

束手無策而呆站在原地的我背後這時忽然——

「——喝啊！」

傳來GⅢ「啪！」地射出左拳迎擊的聲音。而且為了避免像上次那樣反被敵人利用，在繩索伸長到底的同時就切斷與手腕的連接處。

拉著一條繩索尾巴飛行的鐵拳，是我們能夠使用的飛行武器中質量最大的東西。在外輪船的正面近處，鐵拳從斜下方撞擊到砲彈。砲彈軌跡因此偏向上方，本以為會穿過我們頭頂上空——但它卻又畫出一道朝斜下方的弧線後，維持甲板上一點五公尺的高度朝我們水平飛來。軌道被修正了，是飛彈導引——這顆砲彈不只速度快而已，貝茨姊妹還能自在操縱軌道！

逼近而來的那顆**導彈**時速七百公里——目標是茉斬——貝茨姊妹打算把新出現的對手，也就是能力未知的敵人首先消除掉啊——

「……！」

就在我發現這點的同時，我忽然被擁有神力手指的茉斬抓住後領，拉到她前方成為肉盾。

（茉斬——妳背叛了嗎！）

我一瞬間這麼想，但其實並非如此。逼近到船艄前的砲彈又稍微修正軌道，讓我理解了茉斬的作戰計畫。

茉斬同樣看出那顆砲彈是一顆導引飛彈的事情——所以移動我的位置，讓我、茉斬與GⅢ三個人排列到同一條直線上。對貝茨姊妹來說，能夠用一顆砲彈同時解決掉三個人是最有利的，因此砲彈的飛行軌道也終於固定下來，呈現能夠把身高差異不大的我、茉斬與GⅢ的頭依序擊碎的彈道。

面對朝我臉部飛來的砲彈，我不禁全身僵硬。而茉斬這時已經把她的雙手從我頭部左右兩側往前伸出。就在那手指觸碰到砲彈的瞬間，茉斬用手臂夾住我——

「——伊枚露．諾取——」

啪啪啪啪啪啪！十個指尖陸續發出炸裂聲響的同時，她全身旋轉並接住砲彈。就像田徑運動的擲鉛球，或者應該說比較像擲鍊球、擲鐵餅的逆向動作。

被茉斬接住，在她身體周圍以螺旋狀軌跡往下降的砲彈……「砰！」一聲……被**放到**甲板上了。

把我捲入那個動作，自己也全身旋轉的茉斬——最後「啪」地呈現趴地的姿勢。

漆黑的大衣就像蓋在她身上的毛毯般順著離心力攤開，一頭長髮也散開成優美的圓弧形。而我則是被茱斬身體製造的旋風捲進去……最後被壓在她的下面。

剛剛GⅢ射出去擊中砲彈的鐵拳「噹！」地傳來掉落到甲板上的聲響。

（……剛才、那是……）

冠有『諾取』之名——也就是星星之意的指擊——的十連星版本。茱斬用十根手指對飛來的砲彈施展十連發諾取，使其減速的同時改變彈道為向下的螺旋狀軌跡，最後**放到甲板上**的。這簡直就像在半空中用手指觸碰直直飛來的棒球使其變化為曲球一樣，是無比誇張的超人技術啊。雖說是舊時代的玩意，但她居然能夠徒手讓砲彈停下來。也就是說，面對茱斬，就算搬戰車出來也打不贏的意思。

然後……

被她這招捲進來，現在仰天倒在甲板上的我臉上……

……有如柔道中壓住對手的寢技一樣，被茱斬的、胸、胸部壓住了。

即便隔著大衣，也能清楚感受到柔軟的觸感。她明明是個像死神一樣的暗殺者，明明是惡毒的恐怖分子，明明是殺過老爸的仇人——但這部分果然還是個女人。甚至沿著我鼻子與眼睛的凹凸處溫柔改變形狀，如羽毛般包覆我的臉部。另外還散發出像紅花胭脂一樣、大姊姊感莫名強烈的香氣……！

「……」

「茱斬……謝謝妳啦。」

茱斬用伏地挺身的動作撐起上半身，而在她的胸部下方——我酷帥地向她道謝。

雖然我也想謝謝她讓我進入了爆發模式，但基於良心，這點還是別說出口比較好。

「很──很好！我們回到加拿大境內了……！啊、該死！船舵又……！」

只靠右手繼續操舵的GⅢ，用難掩對茉斬的招式感到驚訝的聲音如此大叫。

從船的傾斜程度可以知道，我們這艘船已經越過水上國界回到加拿大境內，可是現在貝茨姊妹又再度想把我們拉回美國境內。

我方沒有任何手段對抗她們這個力量。

外輪船的角度不斷往左偏，而且越來越大。

剛才對付砲擊的這段時間內，雙方船隻的距離也繼續縮短，如今已不到三百公尺了──

「真的是、礙手礙腳的、孩子們。既然、什麼都做不到、就給我躲起來。那兩人、由我、消滅掉。」

站起身子的茉斬眼神冰冷得甚至不把我們視為夥伴。

茉斬她──從公安零課的時代就是自己一個人戰鬥。缺乏與人溝通的能力，即使面對夥伴也會很快就覺得礙手礙腳，認為獨立戰鬥才是最佳的手段。

但是……

「茉斬……！」

跟在她之後站起身子的我注意到一件事。

全身呈現無形架式，雙手自然下垂的茉斬──的手指在流血。從每一片指甲、每一個關節。

看來靠徒手擋下那樣超高速、大質量的砲彈果然還是太亂來了。

「……狂妄的傢伙。」

茉斬朝著貝茨姊妹的方向如此呢喃，於是我順著她的視線看過去——發現警艇上的珊蒂這次拿著一顆直徑幾乎比剛才大一倍的砲彈。她們打算再次砲擊我們。

在諾瑪的念力拉扯下，我們的船……又再度越過浮標與岩石上的白漆標記連成的直線——也就是國界……！

「要進入美國了……！」

負責操舵的GⅢ大叫的聲音，聽起來不只是對越過國界的事情感到著急而已。尼加拉河越往上游河寬越窄，周圍有觸礁危險性的岩石也越來越多了。

——咻——磅————！

讓砲彈通過伸直的手臂之間發射出去，令人難以理解的貝茨姊妹砲擊——第二發砲彈呈現像迫擊砲似的彈道，高高打向天空，接著劃出一道弧線，朝我們的船掉落下來。然而我們沒有手段閃躲或迎擊那顆砲彈。速度幾近馬赫的砲彈斜斜落下，準備從上空貫穿船身，讓船沉沒……！

「——伊枚露．諾取——」

「喂，茉斬住手！」

幾乎在我大叫的同時，茉斬掀起黑色的大衣——如一陣風般衝向左舷，在旋轉的外輪上一蹬，靠三角跳躍高高往上跳起七～八公尺。她是打算在砲彈選擇彈著點改變彈道之前就撲向砲彈啊。

茉斬舉高雙手，在空中撲向掉落下來的砲彈——啪啪啪啪！從砲彈下方用十指撞擊，試圖抵銷砲彈的動能。她的雙手頓時飛濺出鮮血，甚至讓人以為她的手指是不是都碎裂散開了。

砲彈因此減緩了速度，可是——卻「磅——！」一聲當場炸開。有如一發朝正下方開槍的巨大霰彈槍子彈。在一片砲彈碎片中，茉斬掉落到甲板中央。感覺重達好幾公斤的破片還砰磅砰磅地落在她的身上。

那是……會炸開的砲彈，也就是榴彈啊……！

「——茉斬！」

我趕緊衝向大衣與黑髮都散開來、全身趴倒在甲板上的茉斬身邊。

茉斬即使被榴彈直接擊中——也還是把手肘撐在甲板上，抬起被頭部鮮血沾溼的臉，想要撐起上半身。她的眼神依然沒有喪失戰鬥意志，這女人也太誇張了。

然而……茉斬站不起身子。

雖然多虧有防彈大衣讓她免於被細小的碎片割傷，但有一塊較大的破片深深刺在她的小腿上。

茉斬沒有伸手拔掉破片——而我也沒辦法將那塊有如短刀般刺在她腳上的破片拔出來。因為那位置很接近脛後動脈。雖然從出血量看起來應該沒有割破動脈，但要是沒有在安全的地方小心拔除，就會有劃破動脈當場失血致死的可能性。

手腳都受到重傷無法使用的茉斬，只能判斷為無法再戰鬥了。

我方只剩下——已經被那對貝茨姊妹擊敗過一次的三個人啊。

「不要、在意、我。就算坐著、我也、能戰鬥。」

茉斬即使在這樣的狀況下依然想移動身體，但她卻無法從甲板中央爬開。

並不是因為傷勢，而是剛才落在她身上的砲彈碎片……看起來就像釘子一樣把茉斬的腳還有攤開的大衣都固定在甲板上。這是怎麼回事？

「……！……」

我這才注意到，那些掉落下來的砲彈碎片——全部都黏在甲板上。不管裂成的形狀有多不安定，都緊緊**吸附著**，動也不動。而且還非常強力。看起來是那顆砲彈本來就具有那樣的性質，而茉斬就是因為那個神祕的特性，現在有如被釘在甲板上一樣無法動彈了。

——GⅢ趁貝茨姊妹把念力使用在第二發砲擊的機會再度轉舵，讓船又越過了國界。多虧河川形狀彎曲，我們這次大幅進入了加拿大境內。而就在這時後……我和茉斬身旁「嘩唰！」一地噴起一面小小的水花簾幕，風魔現身了。她本來應該是要躲起來的伏兵，但或許是見到茉斬身負重傷而趕來救援的。

「茉斬大人，在下來助妳藏身，請到下面的船艙——」

風魔如此說著，並試圖移開把茉斬固定在甲板上的砲彈碎片——可是卻拿不掉。

而且茉斬本人也對風魔伸出手掌，搖頭制止。

「——我要、戰鬥。不可以、阻止我。我、無論如何、都要、見到、遠山金叉、才行……！」

不知不覺間，茉斬的另一隻手上——握著一把黑色的格鬥刀，還用大衣的腰帶綁住固定。明明她已經失去戰鬥時仰賴的手指力量，甚至連移動身體都辦不到了，居然還想繼續戰鬥嗎？只靠那樣一把短刀，就想對付那個貝茨姊妹……！

「可是，茉斬大人……！」

「妳快退下！貝茨姊妹由我和老哥想辦法對付！」

風魔與GⅢ都如此為茉斬感到擔心。不論中間過程如何，他們都把茉斬視為一同奮鬥的夥伴。

然而——茉斬卻低著臉，搖搖頭。她到現在依然不是在跟我們合作，而是一個人獨自在戰鬥。

就在這時……我們的船又開始往美國的方向靠近了。看來現在並不是繼續起內訌爭論『戰』與『不戰』的時候。

因此……

「……風魔，GⅢ，就讓茉斬自己決定吧。反正現在也不是能夠馬上移動她的狀態，而且我希望能尊重女性的想法。」

我如此說著並跪到茉斬旁邊，小心注意她的傷勢……好不容易幫她擺成了人魚坐姿。但破片依然把她的大衣與腳固定在甲板上，果然沒辦法讓她躲到船艙裡的樣子。

對於我這樣的發言與行動——

「……」

風魔頓時露出鎮定下來的眼神，感到可靠地看向我。看來她即使不明白原理，但還是注意到我進入爆發模式了。

而這點似乎也被茉斬看出來……

「ＨＳＳ……？該不會……是因為我？我並沒有、那種意思的說。」

哦？她有點驚訝呢。就算是大姊姊，也同樣是女人啊。

雖然我很希望她不要在風魔面前講什麼ＨＳＳ啦，不過從她的講話方式聽起來，她甚至連多重腦都無法繼續保持的樣子。所以不管怎麼說，她已經到極限了。

於是我探頭注視茉斬的臉——

「世上唯有一件事情，我怎麼也無法忍受。」

「……？」

「而現在，那件事情發生了。所以從現在開始，可以交棒給我嗎？就像運動會的接力賽跑一樣。」

「你在說什麼？我——」

即便如此，茉斬依然掙扎似地想移動身體，卻辦不到。因此……

「我唯一無法忍受的事情——就是讓美麗的存在受到傷害。我不想再看到妳繼續受

傷了。」

如果是平常的她，應該可以輕易躲開的。不過我緩緩地……將食指放到她宛如花瓣的雙唇上，示意她不用繼續說下去。

「好，交棒。」

用手指碰著她嘴唇的我如此宣告後——

「……！……」

茉斬雖然驚訝地睜大眼睛，但是並沒有臉紅呢。是因為身為大姊姊的自尊心嗎？沒想到連爆發模式都沒能攻陷她的心，總覺得有種輸掉的感覺。

不過剛才這下似乎讓茉斬的戰意消退的樣子，於是——

「GⅢ，為了不要又像之前在發射井那樣被對方拉動身體，你把從肩膀到手腕的義肢，還有其他護具都脫下來交給風魔。風魔帶著那些東西躲到下面的船艙去，還有我的武器跟夾克也是。」

為了保險起見，我用日文對其他兩人下達命令。

我之所以會這樣說——是因為多虧茉斬讓我進入爆發模式，我看出了貝茨姊妹那個超能力的真相。

——那並不是念力，也不是什麼未知的力量。

不僅如此，那甚至是我們小學時就學過的東西。

至於那提示，或者根本是答案，就是落在甲板上的這些砲彈碎片告訴我的。

所謂的砲彈自古以來就不只是用鐵球，也有用過黏土球或陶器等等東西。不過像我們這艘船一樣的外輪船被當成河川砲艇使用的時代，更早前所使用的砲彈則是——幾乎不用花錢就能得到手，容易加工成球狀，受到衝擊又會裂開成為天然榴彈的**石頭**。

然後貝茨姊妹朝我們發射的這個黑色砲彈正是石頭。

說是石頭，但其實稍微特殊一點——是磁石。

也就是將天然磁石——磁鐵礦的岩石做成球狀的玩意。

磁石就算碎裂也依然是磁石，因此那些破片才會把茉斬固定在這塊鐵製甲板以及在甲板底下的龍骨上。畢竟就算是爆發模式也不可能看得到磁力線，讓我發現得晚了。

而自古以來各國軍方就在研究所謂的「磁力砲」——珊蒂與諾瑪就是利用那個原理，靠自身產生的磁力發射這個大磁石做成的砲彈。從她們使用的不是像鐵球之類的磁性體砲彈，而是把磁性材料本身發射出去的狀況看來，或許這招的原理比較接近超導磁體砲吧。

我把手槍與裝有護具的夾克都交給風魔，並向所有人說明這些東西……

「雖然我不知道使用磁力的傢伙在超能力業界算不算常見，不過白雪和ZII說得沒錯——貝茨姊妹並不是什麼長角又會使用念力的稀有存在。她們是靠磁力吸引這艘船，在飛彈發射井讓廢鐵掉落到我們頭上也是靠磁力，後來的飛行也是用磁力把她們自己吸向我們車子的。」

我說著，站到船艄，瞪向背對著尼加拉瀑布、在警艇上阻擋我們的貝茨姊妹。

雖然我不清楚是不是故意的，不過那兩人似乎是假名的諾瑪（Norma）和珊蒂（Sandy）開頭字母也是N跟S。她們衣服上之所以會用木頭或塑膠製的鈕釦跟腰帶扣環，大概也是因為不想在產生磁力的時候造成偏差吧。相對地那個蹄鐵狀的耳環我猜想應該有內藏磁鐵，讓她們可以透過耳環的擺動檢測她們自己磁力線的方向。

不斷被拉向左側的這艘船又逐漸要跨越國界到美國境內。

「可、可是師父，跟貝茨姊妹戰鬥時如果沒有槍……」

把我們的武器都收到船艙裡的風魔擔心地又跑回甲板上，不過——

「她們之前是偷偷用磁力移動我們的槍，讓我們瞄準的方向產生偏移。要是她們發現這件事已經被我們知道，接下來搞不好就會靠磁力硬搶了。」

我堅持不用槍也不用刀，然後……

「但是這玩意可就沒辦法那麼做啦。」

如此說著，並且把自己的右拳伸向前方。

隔著國界，已經接近到斜前方一百公尺左右的貝茨姊妹……不出我所料地準備了第三顆砲彈，但是見到我的動作就放棄砲擊了。我本來想說既然已經知道砲彈會亂飄的理由——就趁現在進入爆發模式，秀一場徒手偏導彈嚇嚇她們的說。這下倒是省了個麻煩。

雖然我方失去了茉斬這個強大的戰力，不過對方也失去了磁力砲這個手段。

——接下來就是貨真價實的交手了。讓我們為飛彈發射井的戰鬥來場復仇戰吧。

尼加拉瀑布已近在眼前。無窮無盡的水從美國瀑布落下，隆隆的聲響震撼河川、天空、船隻與我們等森羅萬象。隔著有如颱風區域般的大量水花另一側，靠肉眼也能看到從上方眺望瀑布的瞭望廣場——鰲點。

「貝茨姊妹對巨大的磁性物體能發揮強大的力量。GⅢ，放棄操縱這艘船吧。反正我們遲早都必須面對她們，就上吧！」

那對姊妹的警艇穿過瀑布濺起的水霧，以鋸齒狀的航線避開岩石或淺灘並朝我們接近。有如船隻與船隻之間進行鎖鍊生死戰一樣，諾瑪朝我們放出磁力線，連人帶船從美國的方向逼近我們。

「用不著老哥說啦，反正已經被吸過去了。上吧！」

我們的船也從加拿大的方向全速前進，甚至讓老舊的外輪都開始軋軋作響。

雙方距離縮到七十五公尺左右時，諾瑪的手開始做出彷彿在操弄什麼透明絲線的動作。

那看起來很像在操縱什麼較細部的磁力——然而所謂的磁力並不像雷射那樣呈現一直線，也不是像教科書上畫的圖那樣呈現二次元平面，而是磁極、磁場、磁力線、磁通量等眾多要素複雜組合成三次元立體的力量流向。而且完全無法看到，因此即便是爆發模式也很難進行預測。就在我搞不清楚諾瑪那動作的目的，不禁皺起眉頭的時候……

剛才被拆開掉落在甲板沙袋旁的GⅢ義手——有如彈簧機關般「啪！」一聲彈起

來……

「……啊……！」

朝還在通往樓下船艙的階梯處擔心茉斬的風魔飛了過去。

我本來以為是鐵拳部分會揍到她，但沒想到竟然是手腕處伸出來的鋼鐵繩索從水手服上綑住了風魔的身體。而且在諾瑪巧妙操縱下，複雜得讓人難以解開……！

「陽菜……！」

GⅢ見到風魔被自己的東西綁住，趕緊衝了過去。然而我以前聽說過，那條義肢上的繩索是鋼鐵與TNK纖維混織，外層再用鑽石微粒包覆的玩意。要切斷它必須有專用工具，靠徒手不可能扯斷。

風魔接著又從階梯被拖到甲板上，從甲板上被拖向外輪船後端——是諾瑪讓磁力線繞到我們後面，從後方拉扯著風魔。

「Goddamn（混帳）……！」

雖然身穿黑色襯衣的GⅢ抓著風魔的腳努力拖住她，但原本是預定當伏兵的風魔連同火繩槍與裙子裡的手裡劍——鐵製品，也就是強磁性物質——一起被磁力拉扯，快要從船上掉下去了……！

「風魔！」

我原本站在可以保護茉斬的位置也忍不住朝船尾踏出腳，可是……

「無、無需擔心在下！師父！祝你勝利——！」

風魔見到我這動作反而用力掙脫GⅢ的右手——當場「撲通！」一聲從船尾掉進泡沫與急流形成漩渦、到處都是岩石的尼加拉河中。

「——陽菜！」

GⅢ站在船尾想要跟著跳入河中，可是已經看不見風魔的身影，不知道她究竟在哪裡了。

繼茉斬之後，貝茨姊妹又排除了風魔。在亞利桑那州的飛彈發射井時，她們也是在我跟GⅢ之前優先擊敗風魔。或許是因為貝茨姊妹如果沒有看著對象就無法放出磁力線，所以討厭對付擁有藏身能力的風魔吧。

另外還有一點——諾瑪的目的是讓GⅢ離開操舵輪——！

「GⅢ，回去操舵！」

這艘外輪船沿著急流高速逆流而上。在諾瑪再度拉扯船身的力量下，直朝岩石而去……！

「必須把陽菜救上來啊——！」

對同伴過於重視的GⅢ陷入了輕微的慌亂狀態。我雖然很想跟他說明風魔的不死能力有多強……但現在已經是聲音會被貝茨姊妹完全聽到的距離了。因此……

「她本人說沒問題就不用擔心！反而剛好可以讓她脫離戰線啊！」

「你要對她見死不救嗎！」

「你也應該很信任自己的部下吧！我的徒弟才沒那麼弱！相信她！萬一她真的死

了，就代表她只是這種程度的武偵而已！」

我雖然嘴上說得很冷酷——其實心中的想法完全相反。

今天如果不是風魔，我也不會講這種話。即使她平常是個笨手笨腳的部下，我心底也深深信賴著風魔的實力。要不然討厭女人的我怎麼可能會收什麼戰妹嘛。

風魔是與我有緣的學弟妹之中唯一一個……不需要我無時無刻保護，甚至能夠從背後保護我的傢伙。所以不需要擔心，風魔不會死——

大概是感受到我的想法，GⅢ終於恢復冷靜。可是就在這時……

——隆隆——……！

伴隨一聲巨響，推動船身的兩側外輪之中的左輪——衝撞到水中的岩石。左輪濺起高高的水花，同時化為碎片飛散到空中，簡直就像被砲彈擊中一樣。

「……！」

「糟了……！」

「——嗚……！」

船身當場激烈搖晃。被固定在甲板上的茉斬就算了，但我跟GⅢ差點就跟著風魔一起摔落到河中。變得無法操縱的船隻隨慣性前進的同時左轉九十度——

砰磅！——軋軋軋……！河川中央突出河面的兩座黑色岩石夾住我們的船，讓船停止下來了。可是水流依然繼續把船身往岩石上推擠，為了不要讓船壞得更嚴重——好不容易撲到操舵臺前的GⅢ趕緊拉下操縱桿從船身左右兩側放下船錨。船錨隨著

「鏘啷鏘啷鏘啷……！」的鐵鍊聲響沉入河中，一路順利抵達河底，讓船身靜止下來，不再繼續往岩石推擠了。

幾乎從正中央夾住船身的黑色岩石上，可以看到用白漆寫的『BORDER』文字以及白線。

我們這艘船——剛好就擱淺在國界上，呈現前半部是美國，後半部是加拿大的狀態。因此現在只有我在美國境內，GⅢ在加拿大，茉斬則是在國界上。

貝茨姊妹的水上警艇沿著我們這艘被岩石固定的船周圍繞了過來。

接著注意不要越過河面的國界並傾斜船身——有如側風著陸般朝我們靠近。

「——我們就在這邊迎擊吧。打敗貝茨姊妹，然後把那艘警艇搶過來上岸去！」

GⅢ聽到我這麼說，便嘴上念著「老哥還真是不懂得放棄的男人啊……」並越過甲板上看不見的國界走向我身邊。明明他只剩一隻手，卻似乎打算跟我一起對付貝茨姊妹的樣子。

「現在你沒有義肢也沒護具，給我乖乖留在加拿大沒關係喔？」

「那些玩意重得要命，現在這樣反而比較輕鬆啦。而且加拿大超冷的啊。」

如此開玩笑的我與GⅢ——遠山兄弟並肩站在一起。

相對地，貝茨姊妹的警艇終於靠近我們這艘船的船艏並下錨固定。接著「啪！啪！」一地——首先是諾瑪靠她投射到船上的磁力，然後珊蒂被諾瑪的磁力吸引，兩人陸續飛到我們這艘船的前方甲板上。就像電影的吊鋼絲特技一樣，動作相當不自然。

站在船艄的貝茨姊妹背後，可以看到尼加拉瀑布廣大的瀑布潭，以及水霧折射陽光形成的七色彩虹。色彩神祕的背景，還真適合那對神祕的姊妹。

「姊姊大人，果然那裡就是國界呢。」

「居然擱淺在這麼麻煩的地方呀。」

珊蒂與諾瑪看著夾住這艘船的岩石上用油漆畫的白線，語氣輕鬆地如此交談。

茉斬依然坐在我們後方的甲板上望著那兩人，風魔則是消失在濁流之中——那對姊妹大概是覺得靠磁力砲的砲擊已經充分削弱了我方的戰力，而確信自己會獲勝吧。

「這可不是我們故意要停在這種地方，要怪就要怪某人拉我們的船嘛。」

畢竟對方是女性，爆發模式下的我態度溫和地如此回應後……試著把我自從聽過白雪與ZII的話之後一直想確認的事情問出口：

「——諾瑪，珊蒂，妳們的行動帶有矛盾。我們的父親——遠山金叉的工作是根據美國政府『砦派』的方針，阻止超能力者的增加與接軌現象的發生。而我們的行動就結果來說是在妨礙老爸的工作，換言之我們算是超自然存在的夥伴。從妳們的來歷思考起來，跟我們戰鬥應該很奇怪吧？」

聽到我這麼說之後……

「Enable，你真的什麼都不懂呢。正因為遠山金叉——」

「——在阻止超能力者增加，所以才好呀。」

貝茨姊妹把手臂交抱在雄偉的雙峰前，有如鏡像般分別豎起右手與左手的食指。

「我們現在所在的世界上大多數都是普通的人類。要是像我們這樣的強者大量增加，我們會很傷腦筋呀。畢竟那樣會影響我們好不容易獲得的地位。」

「更何況美國是神之國度。世界上不需要有那麼多神之國度呀。」

……原來如此。果然是這樣。

貝茨姊妹是屬於白雪所說的「身為超能力者但是想阻止超能力者增加」的派系。即使在現在這樣的世界中，她們身為超能力者也還是很幸運地得到了有甜頭可嘗的地位，因此不希望那樣的既得利益被新來的傢伙侵害。在這點上就一如GⅢ在平賀同學家做出的推論——那兩人是『砦派』，也就是反接軌派。不過珊蒂所說的『神之國度』云云的部分我就聽不太懂了。

「話說，Enable。」

「我們並不是人類。」

天然呆的貝茨姊妹忽然講起這種事到如今根本是廢話的發言，於是我伸手指向她們頭髮縫隙間其實看得頗清楚的彎曲犄角。

「本來就沒有多少人頭上會長角啦。在我認識的人之中頂多也只有霸美、閻、津羽鬼跟亞莉亞而已。」

「已經夠多了吧……」

站在我左邊的GⅢ對我如此吐槽，但我決定不理會他。

「不是人類的存在，想要在都是人類的世界中生活是很辛苦的。例如偶爾會做出不像人類的發言或舉動。」

「因為這樣，FBI的人還會在背後嘲笑我們是airhead（天然呆）。也經常被住處周圍的鄰居們懷疑呢。」

……怎麼好像變成惡魔的煩惱諮詢時間了？雖然因為不應該笑所以我忍下來了，不過原來FBI的人也會笑她們是天然呆啊。

「因此我們需要人類的部下。」

「剛才我跟姊姊大人在警艇上商量過了，我們決定不要殺掉你們兄弟，而是收你們為我們的部下。Enable給姊姊大人，GⅢ給我。我們姊妹其實對你們兄弟的長相與能力相當中意喔。」

諾瑪與珊蒂笑咪咪地對我們說出這樣的發言……真的有夠天然呆。

「嗚呵呵！接下來不管接軌現象會不會發生——」

「今後的世界都將會由擁有超自然力量的存在所支配。換句話說，就是我們。」

「我們將會成為支配者的階級。」

「到時候就分配一、兩座宮殿賞給身為部下的你們吧。還有金錢也是。」

支配者階級的惡魔大人們提出了這樣慷慨的邀請。不過——

「……我才不要什麼豪宅，打掃起來麻煩死了。雖然我很想要錢，但違法得到的錢終究會被沒收——被我們老爸沒收，而且還要吃他的拳頭啊。」

我露出苦笑如此回應。「被老爸沒收」這句話同時也是宣告我們會擊敗貝茨姊妹，與老爸見到面的意思。

「諾瑪，珊蒂，妳們在最後的最後判斷錯誤啦。居然登上這艘船，跟我們站到了近身戰的距離。先跟妳們講清楚，磁力雜耍對咱們的主要武器可一點用都沒有喔？」

GⅢ如此說著，模仿我剛才的動作伸出右拳給對方看後——

貝茨姊妹又有如鏡像動畫般把手刀放到臉頰邊笑了起來。

「呵呵呵，真好笑呢，珊蒂。我們心胸寬大地提出了最後的邀請，可是Enable和GⅢ卻拒絕了呢。」

「呵呵呵，真的好好笑呢，姊姊大人。心胸寬大的邀請與愚蠢的拒絕，兩邊都確認了。」

「你們心懷感激吧。今天就讓你們看看——」

「——我們百分之七十的模樣。你們心懷感激吧。」

在瀰漫的水霧中，背對著彩虹嗤笑我們的那對姊妹……眼睛有如高溫的電熱線般發出越來越強的紅光。

輕飄飄的鮑伯頭銀髮漸漸豎起來，露出頭部兩側的彎曲犄角——而且那犄角還逐漸伸長。不只如此，她們嘴裡的犬齒也漸漸變成尖牙，指甲也變尖、變長……這情景是……！

「……她們、居然……會變身嗎……！」

GⅢ皺著眉頭說出的這句話，應該就是最適切的表現了。雖然看起來並沒有巨大化，不過那對姊妹的身體「啪嘰……啪嘰啪嘰……」地發出很像妖刕靜刃解放潛在能力時的聲響。她們全身的肌肉在提升力量。

我曾經看過跟這個很類似的現象。就是去年十月，在天空樹上，德古拉女伯爵希爾達從第一型態變成第三型態的時候。即使細節不同，但面對現象時感受到的感覺幾乎一樣。這對貝茨姊妹與希爾達之間奇妙的相似性是怎麼回事……？

——劈里劈里……劈里……！這是船身各處的零件陸續從角落開始剝離、損壞並向上浮起的聲音。被剝下來的只有鐵製的物體。貝茨姊妹的磁力包覆了這艘船，有如咬碎般漸漸進行著破壞。就像之前在亞利桑那州的飛彈發射井一樣。

大概是姊妹兩人各自放出的磁力線互相完美抗衡的關係，破片飄浮到她們的頭上，形成有如心型上半部的弧線。而且那個弧線看起來與彩虹相疊，就好像傳說中聖人或神佛背後會出現的光芒。真要講起來，就是惡魔的背光——

「這次一定會消滅你們。」

「所謂的『消滅』就是指『殺掉』的意思喔。」

「珊蒂，這種事情不需要說明。」

「是，姊姊大人。」

雖然她們跟希爾達一樣，不至於連人格都跟著改變——不過從「百分之七十」這樣跟數值有關的發言推測起來，她們搞不好就像希爾達的第一、第二、第三型態一樣能夠更進一步強化能力。

在那之前——

「GⅢ，我們上！」

「好！」

——必須解決掉她們！

先下手為強的我與GⅢ靠著爆發模式的瞬間爆發力在甲板上一蹬。我衝向希望收我為部下的諾瑪，GⅢ衝向珊蒂，首先各自用拳頭賞她們一記櫻花與流星。

然而——諾瑪與珊蒂「啪！」一聲左右散開，躲過了我們的拳頭。沒有任何預備動作，唐突得讓人覺得誇張。應該是她們讓同樣的磁極相對，使彼此互相排斥的。

亞音速的拳頭揮了個空的我與GⅢ，在幾乎快到船艏前的位置緊急剎車。

我們現在被貝芡姊妹左右包夾，非常危險。但我跟GⅢ不需要開口就背貼背互相保護對方，各自與諾瑪跟珊蒂對峙。是爆發模式的背對背陣型。

——嘶啪——！

包夾我們的諾瑪與珊蒂接著朝我們飛來，讓風與水霧都颳起漩渦。速度同樣是快得異常。她們這次是換成一邊N極、一邊S極互相吸引啊。恐怖的不只是速度，她們使用的力量是磁力。從上次的殺人飛盤可以知道，就算擋下飛來的動作，那互相吸引的力量——也就是會把我們夾扁的力量應該也不會停下來。

面對真的就像宗教畫上的惡魔般，伸出尖銳的長指甲飛向我們的諾瑪與珊蒂——

「GⅢ！」

「知道啦！」

我和GⅢ背貼著背原地跳起來，用櫻花與流星的飛踢同時迎擊。小心不要讓腳被利爪割傷，精密瞄準對方手掌的部分──「啪！」一聲踢開。緊接著我們收腳的同時試圖把腳掛到她們身上，將她們踢落到鋼鐵甲板上──可是貝茨姊妹互相靠磁力移動軀體，各自巧妙躲開了。

該死！這對姊妹也會格鬥戰，而且還是併用磁力的未知格鬥技──就跟擅長未知長槍術的瓦爾基麗雅一樣，熟練完成度非常高！

「嗚……！」

「……該死！」

我與GⅢ在空中施展腳技而往前突出的下半身分別被諾瑪與珊蒂抱住。她們大概是讓左右手產生磁力互相連接的關係，完全沒辦法撐開。是要使出摔擲嗎──不，不對──諾瑪與珊蒂各自抱著我和GⅢ……

「讓你們只有一點點的腦汁……」

首先靠磁力互相排斥後……

「飛濺出來吧！」

接著又忽然互相吸引，加上超越常人的蹬地板力道──磅──！

我們兄弟的頭部互相激烈撞擊……！

我可以聽到在甲板中央的茉斬用力吸了一口氣的聲音。那也是當然的，畢竟在這樣的超高速下讓頭與頭互相碰撞，如果是普通人早就雙雙腦袋開花了。

然而我方也是被人形容為超越常人的人類。我利用頸部七節骨頭之中的四節使出橘花緩和衝擊，勉強守住了只有一點點的腦汁。

可是ＧⅢ似乎沒辦法那麼靈巧地使用反流星，結果衝擊力道吸收不足——讓兄弟倆都避不了一陣腦震盪。

零點幾秒間我失去意識……要是在那瞬間吃上敵人的最後一記就完蛋了。但以為已經解決掉我們的諾瑪與珊蒂卻鬆開雙手放開了我們的身體。大概是不想被我們的血，或者說被我們的腦汁噴到吧。

我趁這機會抱住ＧⅢ翻滾，單腳跪到地上。不過男生一直抱著男生的畫面畢竟不好看，於是我「咚！」一聲把ＧⅢ用像是坐地貓熊的姿勢放到旁邊。

接著——

「我腦袋患有疾病，拜託不要那麼粗魯對待好嗎？」

「混帳……好久沒被老哥的石頭腦袋敲到啦。果然讓人頭暈目眩啊。」

我們嘴上如此抱怨，向左右斜前方的貝茨姊妹與背後的茉斬誇示咱們兄弟倆都平安無事。

站在船艏處的貝茨姊妹呆愣地看向我們……接著感覺似乎比剛才左右咧得更開的大紅色嘴巴露出彎月形的笑容……

「真耐打呢。讓人不禁想起獵捕羅羅莎的時候。保險起見，我們提升到百分之八十吧。嗚呵呵！」

「說得也是，姊姊大人，就這麼辦，就這麼辦吧。呵呵呵！」

兩姊妹感情很要好地互相笑了起來。不過——

（……羅羅莎……？）

我在剛剛才保護下來的爆發模式腦袋中翻找這個單字……想起來了。

那跟瓦爾基麗雅在首都高上對自己騎的飛龍叫喚時使用的是同樣的單字。從「獵捕羅羅莎」這句話聽起來，「羅羅莎」應該是代表某種動物的名詞。換句話說，就是指飛龍嗎……？

不管怎麼說，雖然光靠這點還無法斷定——但是跟瓦爾基麗雅使用相同單字的貝茨姊妹搞不好跟瓦爾基麗雅是同鄉。還真是在奇妙的地方搭上關係了。

「我們很喜歡歌喔。」

「我們想聽歌。名為『尖叫』的歌。」

「我說，Enable，GⅢ……」

「你們究竟會唱什麼樣的歌曲給我們聽呢——」

如此對我們說道的貝茨姊妹左右兩旁「鏘啷鏘啷鏘啷……」地傳來金屬聲響。是GⅢ剛才投入河中的、這艘外輪船的船錨鎖鍊的聲音啊。接著——

——從船身的左右兩側「嘩唰唰唰唰唰！砰……！」地各有一個黑色箭頭形狀的船錨飛起來落到甲板上。是諾瑪和珊蒂利用磁力、不動一根手指就從河底把錨拉上來了。

（……妳、你們做這什麼蠢事……！）

這簡直就像是把車子的剎車拆掉一樣的行為，我真的差點就發出尖叫啦。

果不其然，船身頓時失去安定性——被尼加拉瀑布流過來的強大水壓推擠向黑色岩石。船身真的像在尖叫般軋軋作響，再這樣下去，就會像被鉗子夾住的落花生一樣當場崩壞了。

啪嘰……！不知是哪裡的船體骨架斷裂，讓甲板彈動似地一度傾斜，為了保持平衡而堆在甲板上的沙袋一包包滾落。

沙袋就這樣滑過被固定在透明國界上的茉斬旁邊，被砲彈碎片勾破，讓茉斬身上以及她周圍變得都是沙子。

「——GⅢ！守住船！」

我將雙手重疊並縮起，右手櫻花與左手橘花組合——

「炸——霸！」

放出不受磁力影響的衝擊波招式——炸霸。但不是朝貝茨姊妹，而是朝傾斜的甲板上滑落下來的沙袋。GⅢ立刻理解我這招炸霸的用意，趁著「砰！」一聲沙子飛揚起來遮蔽對手視線的機會拔腿衝刺。

「——混帳啊啊啊！」

啪嘰……！又有另一根骨架斷裂，使甲板角度恢復的時候——GⅢ衝過國界到加拿大境內，從稍微靠近船尾方向的左舷處朝船體與岩石之間跳了下去。

接著在差一點點就會被急流沖走的位置把背靠在船上，把腳踏在岩石上——將自己的身體當成支柱，支撐這艘排水量應該有二十噸左右的船。

「——嗚——！」

在北美最大的瀑布產生的強大水壓中，GⅢ只靠自己的肉身抵抗。彷彿要把牙齒都咬碎似地緊咬牙關，使出渾身解數保持船體的位置。

「……唉喲。」

「……哎呀。」

貝茨姊妹放過了GⅢ那樣的行為。我本來想說要是無法移動也無法反擊的GⅢ遭到攻擊就完蛋了，可是貝茨姊妹卻不知為何沒有那麼做。

（……！……）

我看到黑色岩石表面畫的白線，立刻明白了那個理由。

GⅢ他現在——在加拿大境內啊。

貝茨姊妹即使變成那樣像惡魔的長相，也依然遵守著美國的法律。為了守住自己在美國得到的地位，絕不發動禁止在其他國家發動的警察權力。

船錨被拉起來的這艘船在河水壓力下，雖然有扭曲但並沒有前後移動位置。無法動彈也無法搬動的茉斬——依舊跟剛才一樣在美加兩國的國界上。

如果我跟GⅢ一樣進入加拿大境內就會安全，可是那樣等於是把無法抵抗的茉斬丟在貝茨姊妹眼前了。

大概是從視線看穿我這想法的關係——

「唉喲唉喲真傷腦筋喔，Enable。GⅢ究竟可以撐幾分鐘呢？」

「就算只有你繼續跟我們打，既沒有勝算也沒有好處喔。」

「所以我們有個提案……不，是命令。」

「把伊藤茉斬留在那裡，你退到加拿大去。」

「然後不准再回到美國來。」

——眼睛亮著紅光的貝茨姊妹竟說出了這樣的話。

「伊藤茉斬是企圖引發第三次接軌的組織N的成員。我們首先抓住她，然後從N的成員口中獲取N的情報。」

「利用無論口風多緊的恐怖分子都會乖乖招供、每過一秒就越覺得自己死掉比較好的——FBI式拷問。」

「哎呀，雖然到獲得情報的時候，大家的身體都會已經沒救就是了。」

「這裡說的沒救，就是死掉的意思喔。」

所謂惡魔的誘惑……似乎出乎預料的平淡。

貝茨姊妹首先選擇修理茉斬，讓她變得無法逃跑，原來一方面也是為了從茉斬口中獲取N的情報。為了阻止第三次接軌，防止會威脅到自己地位的超能力者大量增加。

「……」

依然在美國境內甲板上的我，回頭看向正後方的茉斬。

被固定在甲板上，依舊保持人魚坐姿的茉斬……還是老樣子，不把想法表現在臉上。

即使我真的逃到安全地帶的加拿大，茉斬肯定也不會覺得怎樣吧。

因為對於生涯貫徹獨來獨往的茉斬來說，我根本就不是什麼夥伴。

更何況對我來說，茉斬也本來就是敵人。就算沒有真的殺掉，她也是可以稱為殺父仇人的人物。她也曾經不只一、兩次想殺掉我。即使姑且不論接軌現象的是非，茉斬也是企圖破壞世界文明的激進派恐怖集團——N的成員。

只要把那樣的茉斬交給貝茨姊妹，我跟老弟的安全就能獲得保障。現在無論怎麼想都是那麼做比較聰明。

——可是。

現在的我是對女性很好的爆發模式……不，即使排除爆發模式這個理由……我也是個男人。

男人居然出賣女人只讓自己得救，這種行為就算不是爆發模式也做不出來啊。

因此……

「GⅢ，你只撐著船應該會很無聊吧。所以你看好……讓我教教你怎麼保護女人。」

我說著……繼續站在美國境內，可以保護茉斬的位置。

然後擺出其實我一輩子都不想用到的——老爸教我的那招密技的動作。

——我記得應該是這樣。

（先正對與敵，雙腳踏地如直木，雙臂伸展如橫木……）

講簡單一點，就是『張開雙手擋人』的姿勢——

背後的茉斬見到我擺出的動作……

「……！」

我可以知道她感到驚訝。

果然，老爸在赤坂施展給茉斬看過的就是這招。

「——絕門——」

這是死守城門或關鍵通道的招式。不惜一死也要守住某條防衛線的招式。

所謂『不惜一死』並非比喻。事實上過去曾有五名遠山家的人死於這招。但取而代之的，他們成功守護了幾千幾百名我方士兵，以及無辜的農民百姓。這就是『一步也不退下』的招式——絕門。

當我知道老爸死於絕門的時候，身為兒子的我就有預感自己有一天也會使用這招。沒想到這一天來得意外地快啊。

（以其身為磐盾，寸步不退……！）

在二十一世紀的美加國界處回想起戰國時代寫的書卷內容——總覺得有點格格不入，或者說不成個樣子呢。哎呀祖先大人，還請多多包涵。畢竟現在是國際化的時代嘛。

「為什麼……」

從背後傳來茉斬的聲音。而且感覺她難得很困惑的樣子。

居然問我「為什麼」啊……

「妳之前不是也保護過我嗎？在赤坂，從亞莉亞手中。跟亞莉亞比起來，那兩位大姊姊根本不恐怖啦。」

我稍微把臉轉回去，對茉斬拋了個媚眼。

結果這次又換成從正面……

「——從戰鬥履歷來看，你跟伊藤茉斬反而應該是敵對立場吧？」

「為何要保護那個女人？」

所謂的女性對於男人的『為什麼』、『為何』還真多呢。雖然男人對女人也是一樣啦。

畢竟男女之間永遠充滿神祕嘛。

「為何要保護茉斬？——因為她是女性啊。」

我說著，這次又對貝茨姊妹拋了個媚眼。結果那兩人眨眨眼睛……怎麼露出好像有點怦然心動的表情。難道連惡魔也會迷上爆發模式的我嗎？

——我其實——知道一招對抗超能力者的方法。

那就是讓對方**耗盡力量**。

超能力者的魔力有其極限。就好像ＤＱ或ＦＦ中所謂的ＭＰ。

貞德與白雪那場戰鬥就是靠互相消耗力氣做出了斷的。就連緋緋神也沒有辦法無窮無盡地使用雷射。尼莫如果沒有補給力量也會變成普通的女孩子。

因此……

「妳們儘管攻擊吧。我會全部擋下來。」

就來比比看是對方的超能力先耗盡，還是承受攻擊的我生命先耗盡吧。

對於擺出阻擋姿勢保護著茉斬的我——

諾瑪與珊蒂「鏘啷鏘啷鏘啷……」地用磁力移動剛才被拉上甲板的船錨連接的粗鐵鍊，接著讓鐵鍊的一部分飄起來，握到各自手中。

從她們握住鐵鍊的方式，以及有如鏡像般分別把左腳跟右腳往後退、蹲低身子的動作我就知道了。

她們是打算把船錨——當成鍊棍型晨星錘，也就是像流星錘一樣的武器。這對付起來應該不輕鬆啊。

大概是為了避免鐵鍊纏在一起，貝茨姊妹在船艏方向漸漸往左右散開——

「讓那貧弱的身體……」

「就此飛濺吧——！」

……咻……！咻……！她們開始甩動旋轉那兩個應該有一百公斤重的船錨。各自沿著斜面的圓形軌道。一想到自己接下來要被那玩意攻擊，還真是恐怖呢。

「——如果妳們有辦法讓它飛濺，那就試試看吧。」

我把雙臂左右伸直，雙腳踏穩地面——

轟——！從兩姊妹之間，首先是諾瑪的船錨從正面朝我飛來——是跟剛才的磁力砲同樣的手法——

「——嗚——！」

我就像打排球一樣把船錨彈回諾瑪的方向，同時靠絕門把通過體內的衝擊力道疏散到腳下。我的腳底頓時發出「磅——！」的聲響，就好像船錨是直接擊中我的腳邊。

「——！」

大概萬萬沒想到靠磁力砲發射的錨會被彈回去的諾瑪當場瞪大發出紅光的眼睛。就在沉重的船錨差一點要擊中她的時候，妹妹珊蒂靠磁力偏移船錨的方向。鐵鍊「鏘！」一聲伸到極限，船錨接著以似乎靠磁力把腳固定在甲板上的諾瑪為支點，劃出圓弧狀的軌跡又飛了回來。

「……！……」

「……嗚……！」

在我背後，茉斬又再次倒吸了一口氣。支撐著船身看向我們的GⅢ也驚訝得發出呻吟。自己的老弟就算了，不過一想到那個冰山美人的大姊姊正在緊張心跳，就讓爆發模式的我有點湧起幹勁呢。

我剛才之所以能準確迎擊，其實是有理由的。剛剛從沙袋中散出來的沙子中似乎含有鐵砂……而在甲板上微微蠢動，形成隱隱約約的曲線。那毫無疑問就是貝茨姊妹的磁力線。多虧如此，讓我多多少少可以想像出在空中的磁力線呈現什麼樣子。

——轟——！比剛才更高速的船錨磁力砲——諾瑪用彷彿棒球投手的動作擲出第二發，緊接著珊蒂的第三發也朝我飛來。

我「鏘——！鏘——！」兩聲把有如磁浮車衝撞過來似的鋼鐵衝擊用絕門反彈回斜上方與正面。每回彈一個船錨，我的腳下就會發出爆炸般的聲響。甲板扭曲變形……讓我的腳開始漸漸往下沉。啊啊，這確實就是老爸跟我形容過的，絕門的景象啊——

表情故作輕鬆的我說了一句「來幾次都沒問題喔」……但老實講，這真的很吃力。因為絕門是以死為前提的招式，所以不太顧慮對自身肉體造成的傷害。從正面往正下方，如此亂來的力道方向扭曲在體內強行，使全身上下的關節與肌肉都感到疼痛。

而且更糟的是……

（……居然連這點上，父子兩代都一樣嗎……）

好痛。比起骨頭，比起肌肉——腦袋深處更痛。

看來是對卒開始發作了。或許因為絕門是必須在爆發模式下持續集中所有精神的招式，所以比較容易引發對卒吧。老爸在駐日美國大使館前對卒發作看來也是因為使用了絕門的關係。

再這樣下去可就不只是劇烈頭痛而已了，腦袋的血管隨時都可能破裂。

但是無關於我這樣的狀態……

「珊蒂，我們繼續！——提升到百分之九十！」

「是，姊姊大人！提升到百分之九十！」

惡魔的船錨接二連三朝我飛來。面對那些威力變得更強的砲擊，我雖然第四發、第五發、第六發——第七發也反彈回去了，但錨爪斷裂擊中了我的側腹部。這個有夠痛的，比隔著防彈制服擊中的麥格農子彈還要狠啊。

可是我不倒下。

要是我倒下了，那對姊妹就會用磁力拿掉束縛著茉斬的永久磁鐵，把茉斬拖到美國境內。兩人聯手虐待茉斬，對她施行殘酷到甚至會破壞身心而出名的FBI式拷問，逼她說出N的情報。如果茉斬即使被虐待到半死也沒吐出任何情報，為了逃避殘忍的工作而從俄羅斯逃亡出來的T夫人或許就會被迫接下讀取茉斬腦袋的任務。簡直就像茉斬曾經對關做過的事情全都回到她自己身上一樣。

我——把湧上來的血「呸！」地吐到一旁，又瞪向貝莰姊妹。不管幾發都儘管來吧。遠山家甚至有祖先在戊辰戰爭時靠絕門反彈了十四發的加農砲砲彈啊。雖然聽說最後第十五發時肉體四散而喪命就是了。

「姊姊大人……！」

「不可慌張。那只是區區人類，我們不可能打不倒的！」

第八發是諾瑪——不是靠發射，而是沿斜面的圓弧軌跡全力往下揮來。

咻隆隆隆隆！劃破空氣的聲響好嚇人啊。很好很好，妳們繼續使用力量吧。

——鏘！我把朝左右伸直的雙臂沿太極圖般的軌跡移動，在途中雙手合一，用排球的接球動作迎擊。並且讓衝擊力道通過體內，再度疏散到腳下。

我絕不會從這條國界退下。

保護茉斬，一步也不退。

我的手腳、背部與腰部都因為絕門的亂來動作皮開肉綻，接連出現傷口。簡直像是被人用刀子削切身體各處一樣痛。超痛的。絕門這招根本糟透了。

反彈到空中的船錨又飛回諾瑪的方向——

「……」

剛剛還在激勵珊蒂的諾瑪也說不出話來了。對於她們發射了那麼多發砲彈，又使出全力攻擊，也依然沒有倒下的我。

「——怎麼啦，諾瑪，珊蒂？妳們臉色都變囉？」

我雖然如此逞強，可是從我的褲管……難以隱藏的鮮血還是滴答滴答地滴了下去。

大概是看到那些血的茉斬……

「……遠山、金次……」

望著我的背影發出彷彿快哭出來的聲音。

就好像以前老爸在大使館閘門前從茉斬手中保護了關——守住了法律一樣，現在我站在這條國界前，從貝茨姊妹手中保護著茉斬。

此刻的貝茨姊妹對茉斬來說就是過去的自己。或許這就是所謂的因果報應吧。雖然我對於自己被捲入那個因果的事情不太能接受啦。

「——珊蒂！我要提升到百分之百了！」

「好的！我也一樣！」

如此大叫的兩人很有默契地——將兩發船錨磁力砲同時發射出來。但那又如何！我用右手和左手各自把它們擋下。我也發揮出自己的全力了。

姊妹用揮動高爾夫球棍的動作射出的第十一、十二發也是連續攻擊。我用排球的殺球動作反擊回去之後，鼻腔內忽然流出冰冷的東西。是鼻血啊，感覺真難看。我的視野也漸漸變紅，這是血淚嗎？這下沒辦法繼續假裝輕鬆回擊啦。

不過我已經漸漸習慣這個船錨排球，甚至能夠比較精準地朝貝茨姊妹的方向反彈攻擊了。像剛才那發就稍微擦過了她們身邊。

第十三、十四發……！對於射出去又會朝自己飛回來的船錨砲彈，貝茨姊妹一邊閃躲一邊露出急躁、氣憤的表情。

我的腳已經連同鞋子的一半以上都陷入甲板了。往下，再往下。往下，不斷往下——直達地底。這是通往地獄的倒數計時。逐漸下沉的腳被固定在鋼鐵製的甲板中，讓我變得無法動彈。但畢竟這本來就是不動的招式，我也沒怨言就是了。

GⅢ目瞪口呆地望著這幕情景。你好好看著，這就是遠山家的隱藏招式『絕鬥』。不過我祈禱你不會有機會用上這招。

我隱約感受到茉斬正眼眶含淚地看著我的腳，因此……

「別擔心。」

趁著貝茨姊妹間斷性的攻擊空檔，我轉回頭露出笑臉給她看。雖然我現在流著鼻血，或許反而會讓她更擔心啦。

——茉斬。

妳過去曾被自己所愛的國家背叛，因此學壞了。

國家，那是誰都會擁有，感覺屬於自己的地方。有自己所屬的文化、引以為傲的東西以及悠久的歷史。

然而所謂的國家，實際上是一種概念。

只不過是人們畫出國界，擅自決定出來的東西罷了。

雖然這條河還有妳現在頭上有所謂的國界，但那種東西根本看不見。

為了那樣根本看不見的線害得人生走樣、賭上性命戰鬥的時代——

要不要就在我們這個世代畫下句點了？

老爸過去奮鬥的冷戰時代，並沒有像二次大戰那樣演變成全面戰爭。

那會不會是因為人類大家心中某個角落……在那個時候已經注意到了？

雖然我們每個人都被定義為是哪個國家的人，但其實大家都同樣住在這顆小小的行星上，呼吸同樣的空氣，同樣活著，同樣會死，同樣都是人類。

所以妳別再為了什麼背叛自己國家的理由而過著像亡靈一樣的人生吧。

不要那樣浪費只有一次的人生。

等到活著離開這裡之後，妳試著照自己喜歡的意思去活吧。我會讓妳活著離開這裡的——

——第十五發——第十六發。這次是瞄準我頭部與腹部的縱向兩連擊。

那種攻擊，只要多少亂來一點就能反彈回去了。我靠著連續兩次像排球的托球動作，把兩個船錨都彈回貝茨姊妹的方向。而且……

（……很好……！）

剛才的手感比第十三、十四發還要弱得多了。對方的力量正急遽減弱。

雖然因為從瀑布潭飄來的水花讓人很難分辨，不過貝茨姊妹全身溼透一方面也是因為她們自己在流汗的關係。另外急促的呼吸也難以隱藏。看來她們終於逐漸耗盡力氣了。大概是因為攻擊對我無效而急著接連提升輸出百分比的緣故，讓她們的魔力也消耗得較快。這就叫作繭自縛啦。活該。

或許連為了避開反擊所發出的磁力也比她們自己預估的力量還弱的關係，姊妹兩人分別被劃出弧線飛回去的船錨擦碰到肩膀與腰部，露出痛苦的表情。於是——

「——妳們繼續攻擊啊。下次我就打斷妳們的手或腳。」

雖然我自己也是滿身創傷又對卒發作，老實講已經快到極限了，但我還是用因為鮮血而變得跟她們姊妹一樣紅的眼睛狠狠瞪向對手，嚇唬她們。

也許是我的威脅奏效，貝茨姊妹互看一眼後……終於把錨鍊丟到自己腳邊。

從她們覺得鐵鍊礙事而踩在上面越過來的動作看來，她們的力量已經消耗到甚至連把鐵鍊移開的磁力都想節約的程度了。

姊妹兩人對自己背後的警艇稍微瞄了一眼之後……

「我們解決掉他。」

「是，姊姊大人。」

她們如此說著……

（……槍……！）

竟拔出了Chiefs Special——S&W　M36左輪手槍。從她們纖細的彎腰背後，藏在上衣底下的後背槍套中。

——該死，竟然給我來這招啊。就算超能力用盡，也只是代表她們累了而已。接下來她們還是可以像普通的人類一樣戰鬥。

相對地……我已經無法動彈了。

除了雙腳被絕鬥固定之外，船錨磁力砲威力減弱時我一瞬間解除了戰鬥的緊張感也錯了。因腎上腺素收縮的血管突然放鬆，似乎讓腦血壓一口氣上升——對卒的疼痛又變得更劇烈了。

就在我為了不讓對手發現這點，即使冒著汗也拚命盯著前方的時候……

「你能夠一如自己的宣告把攻擊全部擋下來確實是很厲害。可是……」

「不是我們要學剛才GⅢ的發言，但你在最後的最後判斷錯誤了呢。」

姊妹用相同的動作從胸前口袋拿出機關子彈的DAL（武偵彈）——從底部凸緣的顏色可以知道是炸裂彈——然後操作引信處的選擇器，裝入左輪手槍中。

炸裂彈如果給警察使用會有過度武裝的疑慮，因此即使在美國應該原則上也禁止使用才對……然而FBI國家公安部似乎就另當別論。畢竟面對的對手比較特殊，所以允許使用幾乎所有種類的DAL。

另外，那對姊妹——在拔出手槍之前看了一下退路。她們已經準備撤退了。她們是打算放棄茉斬，決定乾脆破壞這艘船讓我們溺死嗎？

「就算一如你的計畫，讓我們耗盡力氣……我們依然可以用槍攻擊。就用這發子彈把你這個一直反抗我們的愚蠢存在燒死吧。」

諾瑪首先將槍口舉向我。

大概是不想跟知道了她們的招式祕密而且還能反擊的我再打第二次了吧。

「GⅢ也是，好好休息吧。跟著這艘船一起，在這條河底——」

珊蒂的槍口則舉向GⅢ近處的船身，她們果然想擊沉這艘船。

「永別了。」

諾瑪說著——悠悠哉哉瞄準無法動彈的我。

就算我能動，面對會爆炸的炸裂彈也無從保護自身。炸裂彈的引信雖然可以替換，但她們應該沒有選擇衝擊引信。畢竟她們應該早就調查清楚我會把子彈擊回去的事情。既然如此，她們使用的應該是設定發射後零點幾秒爆炸的計時引信。

就算知道了這點，我的身體也無法動。因為對卒——害大腦無法對身體發送動作的訊號。

（……該死……！）

絕鬥引發的對卒相當嚴重。我現在的狀態就像是站著全身麻痺了一樣。

難道跟老爸一樣……

我也要被疾病擊倒了嗎？

在因血變紅的視野前方，飛濺的水花另一頭……那座瀑布的上面……

明明老爸、很快就要、現身在那裡的說……！

「……金次……！」

被固定在甲板上無法動彈的茉斬……

「——老哥！」

以及為了支撐船身無法動彈的GⅢ如此叫喚著我。

「永別了。」

珊蒂說出跟剛才諾瑪一樣的臺詞後——

姊妹同時把手指放到扳機上，用同樣的速度施力，將兩發炸裂彈——要發射出來的瞬間……

——鏘！——噹！

從兩姊妹的手槍幾乎同時發出金屬聲響。

被擊落的兩把手槍旁邊，各有一個物體插在甲板上——

「……Ninja star……！」

正如諾瑪所說，那是在歐美被稱為 Ninja star 的——卍字型手裡劍。

……沙沙沙沙……！緊接著大量的向日葵花瓣呈現旋風的形狀飛舞。而且與剛才幾乎從正上方沿著圓弧軌跡飛來的手裡劍來源完全不同方向，是在貝茨姊妹的背後。

出現在那裡的，是單腳跪在船艏處……

「——鄙人下忍，前來參戰是也——」

舉著一把火繩槍的——風魔。

火繩槍的槍口對著諾瑪。

「妳……！妳不是應該被繩索捆著……！」

「妳不是已經被打下水了……！」

如鏡像般轉回頭的諾瑪與珊蒂雖然這麼說，不過……

「……我……我就在、等妳啊、風魔。做得好……！」

因為對卒造成的劇痛導致講話方式變得像剛剛的茉斬的我，露出苦笑如此說道。

我知道。知道風魔在她家玄關脫鞋子時表演給我看過的脫繩術。知道她利用隱藏在遮口布到袖口處的管子當成呼吸管並貼附在船底的水遁之術。她中學的時候甚至有過貼附在比這艘船更快的馬達快艇底下追捕到強盜的事蹟啊。因此當風魔掉到河裡的時候，完全沒有擔心的必要。

然後對我唯命是從的風魔也確實執行了我對她下達的『要是貝茨姊妹入侵這艘船上，就找機會奇襲』的命令。就跟她以前主張「忠誠乃為忍之大前提」而自願為我跑

腿效勞的時代一樣。

「承蒙師父誇獎，在下光榮無比。此諾瑪、貝茨兩人，發言不遜難忍。雖美利堅乃自由之國，說任何話皆管不著，但竟然侮辱師父是愚蠢存在，實在難以原諒。」

風魔架著火繩槍，威脅似地瞪向諾瑪，還講著好長一段話。

她這是……故意在製造破綻。也就是說——

「區區人類！」

珊蒂擠出最後的力氣，靠磁力偏開火繩槍……

「用那種只有一發子彈的槍！」

諾瑪撲向掉在地上的手槍，轉身的同時朝風魔射出炸裂彈。

——轟隆隆隆隆隆隆隆隆隆隆隆——！

隨著船艏處爆出火焰，從風魔所在的地方飛散出來的……

是用來保持船身平衡的沙袋。不出我所料，那是替身術。

人在決定要攻擊到實際做出動作之前會有一瞬間的時差，再加上如果是遠距離，從發射到擊中目標之前也會有一段時間。所謂的替身術就是趁那段時間內利用類似變魔術的手法將自己的身體與其他物體替換，就只是這樣單純的招式。

然而在實際戰鬥的時候，這招意外會成功。就好像觀眾會被魔術師徹底騙過去一樣，人會集中注意力的部分大致上都是固定的。如果是在戰鬥中，注意力就會集中在攻擊要正確、要強烈，想快點看到結果等等事情上，而意外地不會發現目標被替換了。

風魔利用那招移動到右舷。就在零點幾秒之前——這在『戰鬥』這樣分秒必爭的行為中，是可以用「早已在」來形容的時間。而且位置也非常完美，從風魔的角度來看，火繩槍能夠同時瞄準剛好排成一直線的珊蒂與諾瑪。彷彿是在回敬一開始貝茨姊妹試圖把我、茉斬與GⅢ一網打盡的那發磁力砲一樣。

接著……

「風魔的槍乃一發必中。」

——磅！風魔開槍的同時，諾瑪伸出手指發出磁力。

然而火繩槍使用的子彈是非磁性物質的鉛球。子彈依然筆直地飛向諾瑪與珊蒂——「砰！砰！」兩聲把她們頭部巨大的漩渦形犄角從根部連續擊碎。

「啊嗚嗚嗚！」

「呀啊啊啊！」

犄角內部似乎也有血管而像紅色火花般爆出鮮血的貝茨姊妹……變得諾瑪只有右邊，珊蒂只有左邊的角了。或許那對她們而言就跟頭骨骨折一樣，姊妹都痛得倒在甲板上呻吟——

「這下就變得比較好分辨是也。」

風魔毫不留情地「鏘！」一聲把火繩槍的槍托放到甲板上，裝入下一發子彈。是她在成田機場給我看過的「早合」，也就是用油紙進行防水處理過的紙製彈殼子彈。

她接著又語氣低沉地說著「不過雙胞胎還是兩人一樣比較好吧？」並且把還很燙

的槍口抵在諾瑪的右邊犄角上。而且角度相當危險，要是就這樣開槍搞不好連後腦杓都會當場炸碎。

「嗚……嗚嗚……」

「……姊、姊姊大人……！」

似乎已經完全發不出磁力的珊蒂用手壓著右頭部被打斷的犄角根部，臉色發青。諾瑪則是連頭都抬不起來。身為超能力者又是FBI警官的惡魔姊妹大概萬萬沒想到自己會被忍術壓制。感覺不知該如何對應而陷入驚慌狀態了。我真擔心這下會不會又有誇大的忍者傳說在美國流傳呢。

剛才這段時間得以安靜休息的我，感受到對卒的疼痛漸漸消去……可是……

「毋須擔心。在下馬上會讓令妹變得跟妳一樣。」

超恐怖的。在別的意義上我又頭痛起來啦。話說，會這樣應該是我害的吧？風魔只要遇到敵人嘲笑我，就會發飆起來變成裡風魔啊。

我先拔出右腳，再拔出左腳。從地獄的玄關大門——也就是凹陷的甲板中，像是踏上較矮的階梯般往前踏出腳步。身體總算可以動了。絕門這種招式，我以後都不想再用第二次啦。

「——請問要如何處置？生殺予奪皆聽師父之命。」

我把貝茨姊妹的手槍撿起來丟到河中的同時，風魔對我如此詢問……而我在武偵高中時代就已經學到，能夠讓裡風魔停下來的人只有我。於是……

「遵守武偵法第九條。不管在世界上任何地方都一樣。」

我拿出白雪給我的超能力者用手銬給風魔看。結果……

「幸好在下的師父心地善良，妳們要好好感激是也。」

——風魔總算把家傳火繩槍的槍口從諾瑪頭上移開了。

諾瑪被風魔用槍抵著，使出最後的超能力移開壓住茉斬大衣的永久磁鐵，並且把船錨拋回水中。

船身因此固定下來後，GⅢ一臉疲憊地爬回船上。而我把從船艙拿來的義肢與風魔保管的義手像組合模型一樣組裝在一起，交還給GⅢ後——

「……老哥在日本應該常接到保險公司打來的廣告電話吧？畢竟你絕對不會死，保險公司就不用付什麼死亡保險金啦。」

勤奮的GⅢ接著立刻就搬動起沙袋調整船身平衡，並露出苦笑跟我聊起遠山家特有話題。搞什麼？難道有規定每次都要來一段這樣的對話嗎？

「很可惜，剛好相反。上次我想加入保險的時候，在申告戰鬥履歷的途中，對方就說『這種感覺隨時都會死的武偵，本公司恕不接受』而拒絕我啦。加保險這種事情我已經放棄了。」

「看來對方是覺得人要死的時候就會死吧。根本沒把老哥的事情調查清楚嘛。」

「要死的時候還是會死啦！嗯？話說我到現在就已經死過兩次還三次了，像這種時候會發保險金下來嗎？還是去找找看哪間保險公司願意接受我好了……」

我也跟著老弟聊起沒什麼內涵的對話，並幫他搬動沙袋。不過這艘船想當然已經無法再航行了，只能跟貝茨姊妹一起丟在這裡啦。

至於那對貝茨姊妹則是已經被我用對超能力者專用手銬把右手跟右手、左手跟左手銬在一起……

「我們竟然會輸給區區人類……不能這樣，不能這樣呀，珊蒂……」

「……這種事請不可以發生呀，姊姊大人。不能這樣、不能這樣……」

她們兩人嘀嘀咕咕地說著不願接受現實的對話，不過似乎已經無法靠磁力逃跑的樣子。看來是力量耗盡，手銬又發揮效果，讓她們現在變成只是一對普通的女警啦。

然而仔細一看，她們被風魔打斷的犄角根部已經結痂，就跟我在富嶽上折斷閻的角之後看到的情景一樣。看來諸如妖怪與惡魔類的存在之間具有某種共通點啊。

「我本來是想把妳們兩人都沉到這座瀑布潭裡啦……但那樣做老哥會發飆，就放過妳們吧。」

GⅢ後來又把手臂交抱在胸前睥睨著貝茨姊妹，完全藏不住他老好人的個性……把原本推在這艘船上當成緊急糧食的盒裝餅乾丟到她們身旁。

還殘留一點爆發模式的我則是——走到使用同樣在這艘船上找到的急救箱以及自備藥草幫茉斬緊急治療的風魔旁邊……

「風魔，轉向我。我有件事必須跟妳面對面好好講。」

「在下遵命。」

風魔跪下身子抬頭看著我，不過……

我也正對著她單腳跪地……

「——有件事我要向妳道歉。我一直都把妳看成只是個半吊子的武偵……但我要深刻反省了。妳其實是個能夠獨當一面的武偵啊。」

對過去甚至還為我當過跑腿小妹的風魔好好道歉。

「……師父……」

「這次我們能夠活下來，全都是妳的功勞。讓我向妳道謝，謝謝妳。」

「不、不是的。因為敵人遲遲沒有露出破綻，讓在下即使回到船艙中藏身也遲遲找不到機會發動奇襲，害師父遲遲久等了。遲遲……呃，師父……在下的修行依然不足是也。」

遲遲，遲遲的。她只要被我道謝就會臉紅慌張的習性，從中學時代就一直沒變呢。

對，風魔。就像妳現在那樣稱呼我一樣，我和妳是師父與徒弟。因此……

「——沒錯，我還有很多事情要教妳修行。還沒有結束啊。」

我也必須這麼說才行。

為了今後在各種意義上保持兩人之間健全的關係。

「感激不盡……在下也希望繼續待在師父身邊……」

大概是堅持自己必須把頭壓得比我低的關係，風魔差點要對我趴下來磕頭——於是我一方面也為了阻止她那麼做而站起身子……

「沒錯，風魔。妳還不夠成熟——一輩子都必須是我的徒弟。對妳而言，也找不到其他比我更好的男人了吧？」

並且為風魔擠出了最後一滴的爆發模式。

「——誠謝之矣。」

臉紅的風魔開心地點點頭——用古老的致謝臺詞如此回應。

或許七代前的風魔對七代前的遠山也是如此吧。

風魔家的家傳藥草是要先像嚼菸草一樣放到口中嚼過之後才貼到傷口上的玩意，因此武偵高中時代被貼過的我很不喜歡……然而那藥草的止血、消毒效果比一般化學藥品還要厲害。順利從左小腿把石頭碎片拔掉的茉斬，就用貼著嚼嚼草的腳搖搖晃晃站起身子——雖然必須由我們攙扶，不過還是順利移動到水上警艇了。

接著，她就用彷彿剛才那場戰鬥根本沒發生過似的態度問道：

「——距離遠山金叉現身還剩多少時間？」

而我對她這種欠缺溝通能力的個性也已經習慣了，於是立刻看向時鐘——

「還有三十分鐘。應該來得及吧……」

「鱉點是個像公園一樣的場所。面積很廣，觀光客也很多啊。」

「是喔？老爸雖然體格顯眼，但既然那樣的話找起來應該也很花時間。我們盡快過去吧。」

在小小的警艇上，我與GⅢ肩靠著肩如此交談。因為這艘警艇實在很小，光坐四人感覺就到極限了。

「沒有找的必要。我知道他會出現在哪裡。」

從茉斬這句發言聽起來，她掌握老爸的行動果然比我們還詳細。

雖然這樣也好啦……不過到頭來，我即使靠爆發模式的腦袋也沒能搞懂茉斬究竟是怎麼從最初就知道那些事情的啊。

GⅢ操縱警艇，遠離貝茨姊妹與外輪船……進入左手邊會經過尼加拉瀑布那亮白色大瀑布的航線。

在有如暴風雨的瀑布聲響中……

「這下事件算是落幕啦，老哥。」

GⅢ在我旁邊如此說道。可是……

「不，現在開始才是重頭戲。」

我搖搖頭這麼回應——畢竟我們接下來才要去見老爸啊。

Go For The NEXT!!! 寂靜之鬼

在GⅢ的操縱下，我們抵達了尼加拉瀑布南側的岩壁。那裡有個洞窟，是讓遊客觀賞瀑布潭的觀光點。一群美國人的觀光客團體雖然看到從河川上岸的我們而感到驚訝，不過多虧我們搭的是水上警艇，省了被問東問西的麻煩。

教人意外的是，從這個洞窟——居然搭乘穿過岩石內的觀光用電梯就能到瞭望公園的黨點了。本來做好攀岩覺悟的我雖然空緊張了一場，但考慮到茉斬的腳傷，這也算是好事吧。

我們搭乘電梯來到設置有許多遮陽傘的公園，假裝成來自日本的觀光客。姑且可以正常走路的茉斬說著「往這邊」並為我們帶路。

剛剛在船艙換上備用防彈制服的風魔就算了，但我們其他人都有被河水與飛濺的水花弄溼——然而在即使快要下山也依然強烈的夏季陽光照耀下，衣服也漸漸乾了。

就這樣，我們最後來到一處圓形的廣場。草皮盡頭設有大約腰部高度的欄杆，而在欄杆的另一側就是幾百公尺長的瀑布落水口與河面。是距離我們剛才船上戰鬥的河面五十八公尺的尼加拉河上游。

這一帶的氣氛感覺完全就是觀光地點，有觀光客貼到欄杆邊自拍，也有小孩子專注地看著投幣式望遠鏡。不過並不是所有人都在欣賞瀑布……也有人聚集在廣場上舉辦活動的地方。

那活動似乎是仿照十八世紀時在現今美加國界附近，也就是在這一帶發生的——英法殖民地戰爭決戰的尼加拉要塞戰役。一群當地居民分成英國軍與法國&印第安聯軍，打扮得誇張醒目，拿著裝有細長刺刀的鳥銃互開空包彈呢。真和平啊。

「遠山金叉會到這附近來。」

茉斬說著……坐到一家可以瞭望廣場的石造咖啡廳外面的露天座位。

「為什麼妳會知道啦？」

我與GⅢ、風魔圍到桌邊並再次如此詢問——可是茉斬卻說一句「我去化妝室」就消失到店裡去了。

即使疑惑歪頭，但也沒有其他線索的我們……只好向店員點了咖啡與可樂，在這裡一邊等待一邊休息。時間是下午八點十五分。

離T夫人告訴我們的老爸『工作時間』還有十五分鐘。

太陽漸漸往西沉落，原本炎熱的氣溫也下降到舒適的溫度了。

GⅢ他……把黑色防彈內襯衣的領口拉整齊，又不知從哪個護具中拿出小型梳子梳起頭髮。動作上難掩些許的興奮。

「老哥你也整理一下服裝喔。要是老爹沒來我就殺了茉斬，但要是老爹來了卻看到咱們儀容不整可是會挨罵啊。」

「老爸絕不會從外表判斷一個人啦。另外就算沒來也不准殺了茉斬。頂多殺到半死我還可以原諒。」

我們就這樣一邊講話，一邊等待了五分鐘、十分鐘……想到萬一老爸真的沒來，心中就忐忑不安。話說茉斬還不回來嗎？

正當我這麼想的時候，她就回來了。而且她一句話也不說就坐到跟我們同一張圓桌旁，因此……

「老爸真的會在這裡現身嗎？」

感到不安的我又再度詢問茉斬。

但茉斬卻什麼也不回應，只是用冷靜的眼神望著那場戰爭表演活動。

不過她的表情流露出對自己剛才的發言充滿自信——咦？這傢伙不知道是把道具藏在大衣中還是剛才從附近小店買來的……臉上畫了淡淡的妝啊。我才想說她怎麼去那麼久，原來是一如化妝室的字面意思真的在化妝啊。

或許是身為一名成熟女性，在戰鬥過後會稍微補妝……但是真的拜託妳不要化妝讓美人度又提升好嗎？對我的心臟很不好啊。

「……」

仔細一看連長長的秀髮也梳理過，衣襟也穿整齊的茉斬——托著腮默默不語。

那模樣實在太過美麗，讓討厭女性的我變得不太想跟她講話……於是我決定就這樣等待時間到來了。雖然我已經看到不想再看，不過這廣場似乎是整座公園中看瀑布最清楚的場所，因此經過的人也最多。畢竟我沒有其他線索推測老爸究竟會經過鱉點的什麼地方，就守在很多人經過的地方也算是最好的選擇吧。

離T夫人預告的時刻──還有三分鐘。

天空開始出現晚霞，從瀑布濛濛升起的水霧也被染紅。

「一直坐在這樣的場所，真讓人擔心會被FBI發現是也。」

「**No problem** 啦，陽菜。咱們可是擊敗貝茨姊妹過來的。就算有FBI的傢伙在這裡，他們想動手也不敢動手啊。」

「畢竟FBI的方針是阻止我們來到這地方。敵陣中心其實守備反而會意外薄弱啦。」

就在我們如此交談時，彷彿要打斷我們似地──

「──找到了。」

茉斬忽然這麼說道，害我差點把咖啡都噴了出來。

──找到了？

找到老爸了嗎？

不自覺把視線從人群移開的我，首先為了知道找到的方向而確認茉斬的視線，結果我看到──她望著鱉點廣場西側的那張美人臉……露出開心的**微笑**。

我還是第一次見到茉斬這樣的表情。

然後……我順著她的視線望向廣場西側。

在一群拔出仿製品的軍刀，表演起笨拙白刃戰的扮裝男人另一側……

（——………………！）

從夕陽的方向……

來了。

即使逆光也能分辨出來的體格。

雖然睽違十一年，但我不會看錯。

粗壯的骨骼與厚實的肌肉構成將近兩公尺高的巨大身軀。與其說是人類還比較讓人會聯想到超大型人猿的深邃五官與眼窩。象徵嚴格個性的緊閉雙唇。咬合力足足有三千五百牛頓的方正下顎。靠頭槌擋下過失控卡車的小平頭。當時把差點被撞的小孩子抱起來、如保溫瓶一樣粗的手臂。像圓木般的雙腳。約為一般人三倍的胸膛。深灰色的單排釦西裝與擦得發亮的皮鞋——

相對於這些表面上的粗獷感覺，臉上的表情卻是無比溫和泰然。雖然戴著墨鏡讓人看不到眼神，但還是可以感受到這點。

「……老……老爸認識的只有我和茉斬。首先由我們兩人去跟他接觸。」

對見到老爸的模樣而瞬間停止呼吸的GⅢ與風魔如此說道後——我跟茉斬一起從位子上起身。

我可以感受到自己的腳在微微顫抖。

不過那個顫抖——隨著我走在夕陽下的步道而漸漸鎮定下來。

每踏出一步，我的心就變得更平靜。

我想起來了。遠山金叉這個人物，是個巨大的存在。越是接近他，無論是誰在心情上都能得到平靜。精神上自然會放鬆，甚至可以到放空的程度。就好像大山、大海、大宇宙——面對過於巨大的存在時，任誰都會如此。

（……老爸……）

——老爸。

我從一開始就知道了。

從我看到那張照片的瞬間，就感受到了。

老爸可沒有遜到會讓自己的所在地與臉部長相留在照片上。一個職業特務、超一流的菁英，是不可能簡單留下自己的痕跡的。

然而那張照片卻確實存在。GⅢ說過那是個謎團，不過……

我可以知道那張照片為何會存在。

（肯定是——）

是老爸故意留下的。

自己留下自己的痕跡。

他肯定是**希望被找到**。

我想那應該是不自覺的行動吧。應該是來到美國的老爸在不自覺中湧起了「希望我們找到他」的想法吧？

（老爸，我有好多話要跟你說……）

關於我的事情。我現在也長得很大了對吧？以前和老爸一起在電影中看過的香港，我親自去過囉。也看到了百萬美元的夜景。

雖然遭遇過許多驚險的事件，不過多虧老爸教我的遠山家招數讓我撐過了好幾次難關啊。

雖然有時候我也會把那些招式跟一個叫亞莉亞的麻煩傢伙訓練出來的招式互相混合就是了。

關於大哥的事情。對了，大哥他結婚啦。老爸再過不久就會有孫子了。雖然老爸才五十歲，要叫「爺爺」還太年輕了啦。

另外你或許會驚訝，其實你除了我跟大哥之外還有三名兒女。首先是在那邊的GIII，這傢伙性格跟老爸很像，是個幾乎教人傻眼的老好人。關於金女和金天的事情也必須告訴你才行。那兩人都很可愛，跟我在照片上看過的老媽多多少少長得有點像。你跟她們見個面，好好疼愛她們吧。

然後——

我也有好多事情要問你。

為什麼你一直銷聲匿跡？

為什麼明明患有對卒，你到現在卻還是可以繼續做這種危險的武裝職業？其實我也對卒發作了。雖然我已經知道可以靠擬奇屍撐過一時，但務必要請你告訴我永久克服這個疾病的方法啊。

想說的話、想問的事情不斷在我腦中迴繞——

走在我旁邊的茉斬這時看著還有五十公尺遠的老爸……

「我一直以來都好想見到遠山先生。」

並對我如此說道。

……？雖然聽起來她所說的「遠山先生」不是指我而是在稱呼老爸……可是她怎麼會突然用「先生」稱呼了？明明之前都是直呼「遠山金叉」地說。

難道茉斬——一直以來都隱藏著對老爸的敬意嗎？

「雖然我沒跟你說過，但其實我……在那場戰鬥之後，好幾次回想起遠山先生的事情。然後我發現了，原來自己——很喜歡他。」

什、什麼？

她剛才說了啥？

要出人預料也該有個限度吧？

「……啥？」

我不禁對依然望著老爸方向的茉斬瞪大眼睛，發出困惑的聲音。然而——

「喜歡上自己殺掉的對象，是不對的事情嗎？」

——茉斬依舊用平靜的聲音如此回應我。

喜歡上自己殺掉的對象？這種例子也太稀少了，我可不曉得在世間評價上的好壞啊。呃……不對，問題不是這點！

男女之間誰喜歡上誰，對我來說是根本不想聽到的話題。

通常我的感想都是一句「隨便啦，跟我無關」，但是如果關係到自己的父親，就沒辦法完全當作沒聽到啦。而且講出這句話的人居然還是我視為殺父仇人的女人。不對，問題也不在這裡！

為什麼她要現在講出這句話？雖然可能是她直到最後一刻前都覺得難以啟齒啦。

另外更加讓我感到不解的是……

「我、愛上了金叉先生……」

經歷過一場又一場的戰鬥經驗，讓我即使在普通狀態下也能看出來——在茉斬的內側，戰意與殺意等等東西似乎正逐漸提升內壓。雖然她勉強壓抑、隱藏著。為什麼？她是準備跟誰戰鬥？

「我愛上一個人，就想把對方的一切都奪走。把一切——連生命都奪走。他是我這輩子唯一愛上的人……所以我想殺掉他。」

不、不妙……！茉斬本來就不是個會開玩笑的女人，而她現在的眼神看起來更認真啊。

我在偵探科學過，女性的戀愛感情變化為殺意的例子其實並不稀奇。

可能是自己在身分或美醜上配不上對方，可能是對方有妻子或情人等等的情敵，可能是兩人的過去或職務或血緣上存在問題，可能是喜歡上自己註定無法在一起的男人時……女性哪怕是最後一眼也希望對方能看向自己，或是覺得總比對方被別的女人搶走要來得好，又或是因為心中某種難以表現的激情導致自暴自棄——而讓女人被想『殺掉』那男人的瘋狂想法附身的例子也是存在的。

我雖然不清楚茉斬的六個腦袋中究竟是哪個腦袋讓這種念頭成立的，但現在比起她的動機，更大的問題在於她的行動。

茉斬依然目不轉睛地盯著老爸，眼神看起來隨時都會動手……！

「呃、喂，茉斬……！」

茉斬的手指受傷，應該沒辦法使用不可知子彈。但我也沒有證據確認茉斬的遠距離攻擊招式只有那招。現在的我不是什麼爆發模式。即便如此，我還是要阻止她才行。想辦法靠話語——

「住、住手啦。就算想殺掉老爸，靠妳現在受傷的身體也不可能贏啊……！別這樣！」

「我知道。只靠我一個人殺不掉。不過還是有獲勝的可能性。因為至少你接下來也會跟遠山先生交手。」

「……？」

她、她在說什麼？

我跟、老爸、交手……？雖然我並非完全沒考慮到那種可能性，但她為什麼能講得那麼肯定？而且在關係到自己生死的這種狀況下。

「即使活得像個男人——女人終究還是會為男人傾倒。」

茉斬如此呢喃著，繼續接近老爸。

我也趕緊跟在她的後面。

總之現在要阻止她才行。可是我沒有足夠的力量。必須加上GⅢ與風魔，三個人想辦法阻止茉斬！

於是我準備轉回頭看向還留在咖啡廳露天座位的那兩人。但就在這時……

「為男人傾倒的女人只會走向破滅，因為會變得盲目而看不到其他東西。所以我也捨棄了為你傾倒的**那個女人**。」

茉斬忽然又提起除了她自己與老爸之外的第三者。

（**那個女人**……？）

就在我放棄回頭，再度看向茉斬的時候……

（……嗚……！）

為什麼？

我感到一股殺氣。

有如大地震之前的前震。

而且不是茉斬發出來的，也不是朝向我或茉斬。

即便如此，我光是感受到那股殺氣就忍不住停下腳步。明明我現在必須阻止茉斬才行的，但我只是身體被那股超乎常人的殺氣邊緣觸碰到而已，就甚至連腦中的思考都當場消散。

——深不見底的寂靜，如鬼神般的絕對性——

這是、「寂靜之鬼」……

……是、老爸的、殺氣……！

他究竟是準備和誰戰鬥？感覺並不是在呼應茉斬的殺氣。早在茉斬從座位起身之前，那股殺氣就隱藏在老爸體內，然後現在開始釋放出來了。而且釋放的量恐怕連百分之零點一都還不到。

「——嗚——！」

我緊接著又看到更加晴天霹靂的畫面。

過去至今我從沒有懷疑自己的眼睛到這種地步。

現在，在我們與老爸之間。欣賞尼加拉要塞戰役扮裝表演的觀光客中，背對著瀑布——

——在那裡。

為什麼？

為什麼她會在那裡！

——綁成雙馬尾的水藍色頭髮。

開心欣賞著表演的琉璃色眼睛。嬌小的身體。雖然沒有軍帽跟大衣，不過和之前在無人島上穿的一樣是鈕釦扣合處有荷葉邊裝飾的白色襯衫。褶痕整齊的深藍色百褶裙——

（……尼莫……！）

尼莫居然在那裡。

「茉斬，妳……！」

「——沒錯。我根本、沒有、聯絡過、那個女人。」

輕易就招認茉斬——漸漸變成多重腦的眼神與講話方式。一口氣就提升到第六層。

之前在新宿的咖啡廳，茉斬說過她已經聯絡尼莫「回去N的據點」。

但那其實是謊言。

茉斬根本放任尼莫被老爸盯上。

然後把尼莫當成誘餌，自己也跟著前往尼莫的休假去處。畢竟茉斬是尼莫的部下，想必輕易就能得知尼莫何時要前往何處吧。所以茉斬才會從一開始就守在多倫多——也就是這座尼加拉瀑布的近處。

茉斬說過的「被動搜查」，就是根據茱莉亞調查老爸的動向而得知的「在某個有一大片水的場所」以及「準備暗殺尼莫」這些線索，而埋伏在這裡等待老爸的意思。正面透過「主動搜查」得知老爸去向的我們本來是利用茉斬進行雙重確認——但其實反而是我們被她利用了。

該死……！我因為茉斬是尼莫的部下，就擅自以為她抱有忠誠心。然而根本不是那樣。

在茉斬心中有個規則，認為被異性之情俘虜的女人不值得效勞。然後我同樣擅自以為茉斬不曉得——可是她其實也知道我和尼莫在無人島上變得親近的事情，而且因此認為讓尼莫死了也沒關係。

說到底，茉斬本來就是個討厭當別人手下的女人，又不覺得人命有什麼價值。我應該早點注意到這個危險性才對啊！

「茉斬……！」

我當初果然不應該跟茉斬合作的。

這傢伙是個惡女。

我的注意力都被她如神一般的美貌引開，而對她的內在鬆懈了。容易掉入女人陷阱的爆發金次也始終沒有察覺到這點。

然後茉斬剛才說過『你接下來也會跟遠山先生交手』——意思是我會為了保護尼莫，和茉斬一起跟老爸交手。

茉斬往前走著，漸漸接近老爸。

我也走在她旁邊。

我不得不這麼做。

大概是察覺事態，又或是注意到我狀況有異的關係，我聽到背後傳來GⅢ與風魔慌張離席的聲音。

老爸也沒停下腳步。

漸漸接近尼莫。

欣賞著尼加拉要塞戰役表演的尼莫，還沒有注意到我、茉斬與老爸。

就這樣——

寂靜之鬼走向了尼莫身邊。

Go For The NEXT!!!

後記

新的時代——令和開始啦！我是在換成新年號的前一晚想不到該做什麼才好，結果不知為何竟在家裡大掃除的赤松。

常聽年長一輩的人說「人活得久總會遇到驚喜」這樣一句話。小說也是寫得久了就會遇到驚喜呢。

從平成二十年開始連載的這部《緋彈的亞莉亞》系列也和各位讀者們一起迎接了令和元年。能夠跨越兩個時代持續寫一部作品讓人感到非常開心，而這件事也更加讓亞莉亞成為對筆者而言具有紀念性的作品了。

但願本作對各位讀者而言也能成為跨越時代閱讀的故事之一——永遠留在各位的記憶中。

……雖然寫這種話又要被人問說「是不是要完結了！」之類的啦！

故事還不會結束喔！照筆者的感覺是超過三十集之後才「總算寫到一半」而已。可是幾年前超過二十集的時候筆者也稍微有過同樣的想法，所以這感覺似乎並不可靠呢。就好像剛剛開始的令和時代一樣，金次們的全新挑戰也才剛剛開始！我就暫時只先這麼說吧。只要各位讀者願意繼續讀下去，筆者就會繼續寫下去，亞莉亞也會繼續連載下去。筆者認為這就是讀者、作者與作品之間的關係。

——這次的謝辭，我希望獻給我的父母。

我的父母過去曾有過在美國居住了幾年的經驗，而我小時候經常聽他們述說在那塊土地的回憶。有時候是讓人膽顫心驚的巨大龍捲風的事情，有時候是在地鐵月臺遭遇到槍戰的事情，疾馳的雪佛蘭 Impala 把停在路肩的 spider 都掀起來的事情，神祕的美洲原住民納瓦荷人的事情等等——這些都在在刺激我的想像力，成為少年時代的我開始創作故事的助力之一。

也因為這樣害得我……呃不，多虧這樣讓我成為了『作家』這種不安定……呃不，這樣美好的職業……每天過著快樂的生活。我由衷感謝您們。

更重要的是，謝謝您們至今依然支持我從事寫作。上次跟我說過關於尼加拉瀑布的事情真的非常有趣。希望您們在新的令和時代也能繼續過得健康愉快。

二〇一九年六月吉日　赤松中學

アリア31!!
※賀亞莉亞第31集出版!!
■這次是（這次也是？）茉斬的插圖占多數。
茉斬是個難得的成人角色，因此雖然畫起來很愉快但有時候就會不小心畫得比較年幼呢。
那麼就期待下一集再相見吧！

緋彈的亞莉亞

Aria the Scarlet Ammo

浮文字

緋彈的亞莉亞（31）寂靜之鬼

（原名：緋弾のアリアXXXI 静かなる鬼（サイレント・オルゴ））

作者／赤松中學　封面插畫／こぶいち　譯者／陳梵帆
發行人／黃鎮隆　副總經理／陳君平
總編輯／洪琇菁　國際版權／黃令歡
執行編輯／呂尚燁　美術主編／陳又荻
企劃宣傳／邱小祐
出版／城邦文化事業股份有限公司　尖端出版
台北市中山區民生東路二段一四一號十樓
電話：（〇二）二五〇〇七六〇〇　傳真：（〇二）二五〇〇二六八三
E-mail：7novels@mail2.spp.com.tw
發行／英屬蓋曼群島商家庭傳媒股份有限公司城邦分公司　尖端出版
台北市中山區民生東路二段一四一號十樓
電話：（〇二）二五〇〇—七六〇〇（代表號）
傳真：（〇二）二五〇〇—一九七九
中部經銷／槙彥有限公司
電話：（〇二）八九一九—三三六九
傳真：（〇二）八九一四—五五二四
雲嘉經銷／智豐圖書股份有限公司　嘉義公司
電話：（〇五）二三三—三八五二
傳真：（〇五）二三三—三八六三
南部經銷／智豐圖書股份有限公司　高雄公司
電話：（〇七）三七三—〇〇七九
傳真：（〇七）三七三—〇〇八七
一代匯集／香港九龍旺角塘尾道六十四號龍駒企業大廈十樓B&D室
電話：（八五二）二七八三—八一〇二
傳真：（八五二）二七八二—一五二九
馬新經銷／城邦（馬新）出版集團　Cite(M)Sdn.Bhd.
E-mail：Cite@cite.com.my
法律顧問／王子文律師　元禾法律事務所
北市羅斯福路三段三十七號十五樓

二〇一九年十二月一版一刷

■中文版■

郵購注意事項：
1. 填妥劃撥單資料：帳號：50003021戶名：英屬蓋曼群島商家庭傳媒(股)公司城邦分公司。2. 通信欄內註明訂購書名與冊數。3. 劃撥金額低於500元，請加附掛號郵資50元。如劃撥日起 10～14日，仍未收到書時，請洽劃撥組。劃撥專線TEL：(03) 312-4212 ・ FAX：(03) 322-4621。E-mail：marketing@spp.com.tw

國家圖書館出版品預行編目資料

緋彈的亞莉亞31 / 赤松中學 著 ; 陳梵帆 譯.--1版.
--臺北市：尖端出版, 2019.11
面 ; 公分.--(浮文字)
譯自:**緋弾のアリア**
ISBN 978-957-10-8749-8(第31冊：平裝)

861.57　　108001195

緋彈的亞莉亞

Aria the Scarlet Ammo

緋彈的亞莉亞

Aria the Scarlet Ammo